LOCUS

LOCUS

LOCUS

LOCUS

to

fiction

to 32

深夜小狗神祕習題

The Curious Incident of the Dog in the Night-Time

作者：馬克．海登(Mark Haddon)

譯者：林靜華

責任編輯：林毓瑜

美術編輯：謝富智

法律顧問：全理法律事務所董安丹律師

出版者：大塊文化出版股份有限公司

台北市105南京東路四段25號11樓

www.locuspublishing.com

讀者服務專線：0800-006689

TEL：(02) 87123898　FAX：(02) 87123897

郵撥帳號：18955675　戶名：大塊文化出版股份有限公司

總經銷：大和書報圖書股份有限公司

地址：台北縣五股工業區五工五路2號

TEL：(02) 89902588　FAX：(02) 22901658

排版：天翼電腦排版印刷有限公司　製版：源耕印刷事業有限公司

初版一刷：2005 年 4 月

二版 2 刷：2019年 10月

定價：新台幣 280 元

Printed in Taiwan

The Curious Incident of the Dog in the Night-Time

深夜小狗神祕習題

Mark Haddon 著
林靜華 譯

2

時間是凌晨十二點零七分，那隻狗就躺在席太太家前院的草地中央，牠的雙眼緊閉，看上去彷彿側著身在奔跑，就是平常狗兒作夢追逐貓咪的姿態。但那隻狗不是在跑，也不是在睡覺。牠死了。一把園藝用的鐵叉穿透那隻狗的身軀，叉尖肯定貫穿了狗的身體後又扎進土裡，因爲鐵叉沒有倒下來。我認爲那隻狗很可能是被那把鐵叉刺死的，因爲我看不出狗身上還有其他任何傷口，我也不認爲有誰會在一隻狗死了之後又拿一把園藝用的鐵叉去扎牠，不管牠是爲了譬如癌症或車禍什麼原因而死的。不過這點我無法肯定。

我走進席太太的前院大門後反手把門帶上。我走進她家的草地，在那隻狗的身邊跪下。我把手放在牠的口鼻上，還溫溫的。

那隻狗叫威靈頓，是席太太的狗，席太太是我們家的朋友，她就住在我家左側斜對面的隔壁。

威靈頓是一隻獅子狗，不是那種常被梳成各式時髦髮型的小獅子狗，而是一隻大型獅子狗。牠有黑色的鬈毛，不過你走近細看會發現毛根底下的皮膚是淺黃色的，像小雞一樣的顏色。

我撫摸著威靈頓，心想誰會殺了牠，又爲什麼要殺牠。

3

我的名字叫克里斯多弗・約翰・法蘭西斯・勃恩。我知道全世界的國家和它們首都的名字，我還知道七千五百零七前的每一個質數。

八年前，當我和雪倫第一次見面時，她畫了這個圖給我看：

我知道它代表「悲傷」，這也是我發現那隻狗死了之後的感覺。

然後她畫這個圖給我看：

我知道它代表「快樂」，就好像我在讀阿波羅太空任務的時候，或者當我在半夜三、四點鐘還沒有上床睡覺，可以在街上走來走去，假裝我是全世界唯一的一個人的時候。

然後她又畫了一些其他的圖案：

但我說不出這些圖案代表什麼意思。

我請雪倫畫了許多這樣的臉譜，然後在每一個臉譜旁邊寫下它們所代表的意義。我把這張紙揣在我的口袋裡，每當我聽不懂別人所說的話時，我就把它拿出來。不過要比對哪一個臉譜和那個人的表情最像是非常困難的事，因爲人的表情變化非常迅速。

當我告訴雪倫我這樣做時，她掏出鉛筆和另外一張紙，說這樣很可能會使人感到非常：

說著她笑了起來。於是我把原來那張紙撕了扔掉。雪倫向我道歉。現在我如果聽不懂別人在說什麼，我便直截了當問他們是什麼意思，否則我就乾脆走開了事。

5

我把鐵叉從狗身上拔出來，再將狗抱在懷裡。鮮血不斷從鐵叉貫穿的傷口滲出。

我喜歡狗。狗很容易讓人看出牠在想什麼。狗有四種情緒，快樂、悲傷、生氣和專注。同時，狗是忠心耿耿的，牠們也不會說謊，因爲牠們不會說話。

抱著那隻狗四分鐘之後，我聽到一聲尖叫。我抬頭一看，發現席太太從她家的門廊往我這邊跑過來。她穿著睡衣和一件家居外套，她的腳趾甲塗成鮮粉紅色，腳上沒有穿鞋。

她大聲叫嚷著：「要死了，你把我的狗怎麼啦？」

我不喜歡人們對我大聲喊叫，我怕他們會打我或摸我，而且我也不明白究竟發生了什麼事。

「把狗放下，」她又大聲喊道：「看在老天份上，把狗放下。」

我把狗放在草地上，後退二公尺。

她彎下身，我以爲她要自己把狗抱起來，但她沒有。也許她注意到有很多血，不想把身上弄髒。相反的，她又開始尖叫起來。

我用雙手捂住我的耳朵，閉上我的眼睛，身體往前躬直到我的額頭貼在草地上爲止。草地濕濕涼涼的，很舒服。

7

這是一本涉及謀殺案的偵探小說。

雪倫說我應該寫一些我自己想讀的東西。我所讀的書多半都與科學和數學有關。我不喜歡純小說，在純小說中，人們總是寫些像這樣的句子：「我的血管裡流著鐵、流著銀、流著一坯坯不起眼的泥土。我無法握成不需仰賴刺激的堅硬的拳頭。」❶這句話是什麼意思？我不懂，父親也不懂。雪倫或賈先生也都不懂，我有問過他們。

雪倫有一頭金色的長髮，臉上戴著綠色的塑膠框眼鏡。賈先生身上總有一股香皀的味道，他時常穿著一雙棕色的皮鞋，每一隻鞋上各有大約六十個圓形的小洞。

❶有一次我母親帶我進城時，我在城裡的圖書館看到這本書。

我喜歡看有謀殺案的偵探小說，所以我要寫一本有關謀殺案的偵探小說。

在出現謀殺案的偵探小說中，一定會有人負責調查誰是兇手，然後將兇手繩之以法。偵探小說也就是懸疑小說，如果它是個有啓發性的懸疑小說，你有時能在故事結束之前便想出答案。

雪倫說這本書應該在一開頭便吸引讀者的注意力，所以我才以這隻狗做開場。我以狗做開場的另一個原因是，這件事發生在我身上。對我來說，沒有發生在我身上的事，我通常很難憑空想像。

雪倫讀了第一頁後，說它與衆不同。她用她的拇指和食指畫了個弧形引號，把這四個字放在引號裡。她說在涉及謀殺案的偵探小說中，通常會有人被殺。我說在《巴斯克維的獵犬》這本書中是兩隻狗被殺，就是那隻獵犬和詹姆斯・莫帝的哈巴狗。但雪倫說牠們不是這起謀殺案的被害者，查理・巴斯克維爵士才是被害者。她說，這是由於讀者關心人類更甚於關心狗，所以假如有人在書中遇害，讀者就會想繼續讀下去。

我說我要寫眞實的故事，我也認識已經死去的人，但我不認識任何被殺死的人，除了我的同學愛德華的父親鮑先生之外，而且那是一起滑倒的意外事故，不是謀殺案，再說我實際上也不認識他。我還說，我喜歡狗，因爲牠們又忠心又誠實，而且有些狗比某些人更聰明、更有趣，好比史帝夫星期四上學時請人幫忙把他的午餐吃光，但他卻忘了帶牙籤來。雪倫叫我不要把這件事告訴史帝夫的母親。

11

然後警察來了。我喜歡警察，他們都穿制服，上頭還有數目字，你知道它們代表什麼意義。來的是一個女警察和一個男警察，女警察的左腳踝絲襪上有個小洞，洞中間有一道紅紅的刮痕。男警察的一隻鞋底上沾著一片大大的橘色樹葉，葉片從鞋子的一邊露出來。

女警察摟著席太太的肩膀，扶她進入屋內。

我從草地上抬起頭來。

男警察蹲在我旁邊，說：「你要不要告訴我這裡出了什麼事，小伙子？」

我坐起來，說：「狗死了。」

「我看到了。」他說。

我說：「我想有人殺了那隻狗。」

「你幾歲？」他問。

我回答：「我十五歲又三個月零兩天。」

「那，你在這個花園裡做什麼？」他問。

「我在抱狗。」我回答。

「你爲什麼抱狗？」他問。

這是個令人傷心的問題。因爲我想做這件事，我喜歡狗，看見狗死了我很傷心。

我也喜歡警察，而且我願意好好的回答問題，但是警察沒有給我足夠的時間想出正確的答案。

「你爲什麼抱狗？」他又問一遍。

「我喜歡狗。」我說。

「你殺了這隻狗嗎？」他問。

我說：「我沒有殺這隻狗。」

「這是你的鐵叉嗎？」他問。

我說：「不是。」

「你好像對這件事很難過。」他說。

他問太多問題了，而且問得很快。一連串的問題堆在我的腦子裡，像泰利叔叔上班的工廠裡的麵包一樣。那是一間麵包廠，他負責操作切麵包機，有時切麵包機的速度不夠快，麵包卻源源不絕傳送過來，就會造成塞車。我有時把我的腦袋想成機器，但不一定是切麵包機器，這樣比較容易向人解釋裡面在做什麼。

男警察說：「我再問你一遍……」

我又躬著身子，把額頭抵住草地，發出被父親稱作呻吟的聲音。每次有太多資訊一股腦兒從外界衝進我的腦子裡時，我就發出這種聲音。就像當你生氣時，你會把收音機放在耳邊，然後把音波調在兩個電台之間，這時你會聽到空白的沙沙聲，然後你把音量開到最大，大到你只能聽到這片雜音，這時你知道你安全了，因爲其他任何聲音都聽不到了。

男警察抓住我的手臂，要拉我起來。

我不喜歡他這樣碰我。

於是我揍他。

13

這不是一本好笑的書。我不會說笑話，因爲我不懂笑話。例如，這裡有一句笑話，是父親說過的笑話中的一個。

他的臉是畫的，但窗簾是眞的。(His face was drawn but the curtains were real.)

我知道這句話爲什麼好笑，我問過了。那是因爲「畫」(drawn) 這個字有三種解釋，㈠是用筆畫，㈡是很累的意思，㈢是拉的意思。第一個解釋可以應用在他的臉和窗簾兩者上，第二個解釋只能用在他的臉上，第三個解釋則只能用在窗簾上。

如果我想對自己說這個笑話，要把一個字同時作三種不同的解釋來想，那就好比同時聽三段不同的音樂一樣，不但聽了不舒服，音樂混淆成一團，而且也沒有空白的沙沙聲好聽，就如同有三個人同時對著你說不同的事情一樣。

這是爲什麼這本書沒有笑話的原因。

17

男警察望著我，好一會兒不作聲，然後他說：「你毆打警察，我要逮捕你。」

我聽了安心多了，因爲電視上和電影上的警察都這樣說。

接著他說：「我奉勸你坐到警車後座，因爲假如你再瞎胡鬧，你這個小壞蛋，我可要發火了，明白嗎？」

我往警車走去，它就停在花園門外。他打開後車門，我爬進去。他自己坐進駕駛座後，用他的無線電和仍在屋裡的女警察通話。他說：「凱蒂，這個小壞蛋剛剛揍我，妳陪陪席太太，我先帶他回警局好嗎？我會叫東尼過來接妳。」

女警察說：「沒問題，我待會再和你會合。」

男警察說：「好。」車子便開走了。

警車內有股熱塑膠混和著刮鬍水和薯條的味道。

我們的車一路開往城中區，我抬頭望向天空，這是個清朗的夜晚，可以清楚的看到銀河。

有人以爲銀河是排成一長列的恆星所組成，其實不然。我們的銀河是由數十萬光年距離以外的無數恆星所形成的一個巨大的碟形星群，而太陽系只是位於這個碟形星群外圍的一個星系而已。

如果你以九十度角往圖中A的方向看過去，你看不到太多星星。可是如果你往圖中B的方向看過去，你就會看到許多星星，因爲你看到的是銀河的主體，而且因爲它呈碟形，所以你看到的是成長條狀的星群。

然後我想到有很長一段時期，科學家對入夜以後天空一片漆黑這個事實感到疑惑，照理說宇宙中有數十億顆星球，你只要抬頭往隨便哪個方向看過去都可以看到星星，所以天空應該布滿星光才對，因爲中途並沒有什麼東西可以阻擋星光抵達地球。

後來科學家發現宇宙一直在持續擴大，繼宇宙大霹靂之後，星球互相推擠，距離我們越遠的星球移動的速度也越快，有些甚至幾乎和光速一樣快，這是爲什麼它們的光永遠無法

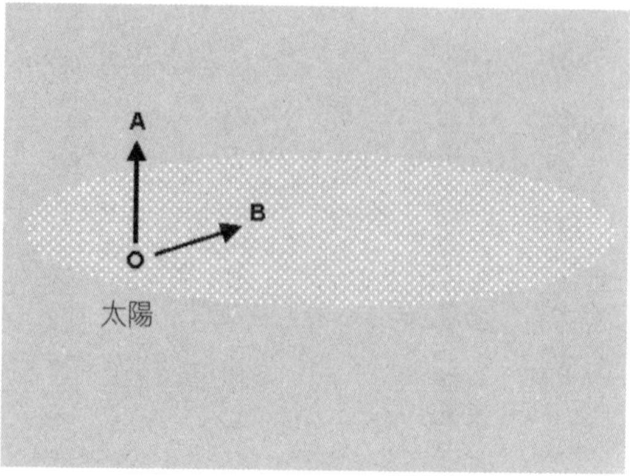

到達地球的原因。

我喜歡這個事實。這是一個你可以在夜晚時分抬頭望著天空，獨自思索而不必去問別人的問題。

當宇宙爆炸歸於平靜後，所有星球移動的速度逐漸緩慢下來，那情形就像把球拋向空中一樣，最後那些星球會逐漸停止移動，然後又開始落回宇宙中央，這時就沒有任何東西可以阻礙我們看到全世界的星星，因爲它們會往我們的方向移動，速度越來越快，那時我們就會知道世界快要毀滅了，因爲當我們抬頭望向夜晚的天空時，天空不再是黑暗的了，而是數十億、數百億銀花火樹般閃亮的流星，紛紛朝著我們頭上落下來。

不過，不會有人看到這一幕了，因爲那時地球上已經沒有人可以倖存目睹這一切，人類很可能在那之前早已滅絕。而就算有人倖存，他們也看不到，因爲流星散發出來的光不但明亮而且炙熱，人人都會被灼燒而死，即使藏匿在隧道中也不能倖免。

19

書本中的章節通常都以基數1，2，3，4，5，6……依此類推來劃分，但我決定用質數2，3，5，7，11，13……依此類推來劃分，因爲我喜歡質數。

質數是這樣推算的。

首先，你把所有的數目字依序寫出來：

1	11	21	31	41
2	12	22	32	42
3	13	23	33	43
4	14	24	34	44
5	15	25	35	45
6	16	26	36	46
7	17	27	37	47
8	18	28	38	48
9	19	29	39	49
10	20	30	40	etc.

其次，你把所有2的倍數拿掉，再將所有3的倍數拿掉，然後再將所有4和5和6和7……

依次類推的倍數拿掉，最後剩下的數字就是質數。

	11		31	41
2				
3	13	23		43
5				
7	17		37	47
	19	29		
				etc.

推算質數的方法很簡單，但是沒有人能想出一個簡單的方程式來告訴你一個非常大的數目字是不是質數，或者它的下一個數目字是不是質數。如果一個數字眞的很大很大，說不定連電腦也要花好幾年的時間才能算出它是不是質數。

質數非常適合用來寫密碼，在美國它們被列爲軍事資料，假如你發現一個一百位數字長的質數，你必須通知中央情報局，他們會發一萬美元的獎金給你。不過這不是個非常好的謀生方式。

質數就是你把所有的數學模式都去除之後餘下的數字。我覺得質數就像生命一樣，是非常合邏輯的，但你永遠也想不通那些規則，即使窮畢生之力去思考也不能。

23

我到了警察局後他們叫我取下鞋帶，又叫我把口袋裡的東西全部掏出放在桌上，以防我私藏任何可以用來自殺、或逃走、或攻擊警察的物品。

坐在書桌後面的警官有雙毛茸茸的手臂，而且他喜歡咬指甲，他的指甲都被他咬出血來。

以下是我口袋裡的東西：

一、一把有十三種配件的瑞士行軍刀，其中包括一個電線剝皮器和一把鋸刀，還有一支牙籤和小鑷子。

二、一段繩子。

三、一塊這種形狀的木頭益智拼圖。

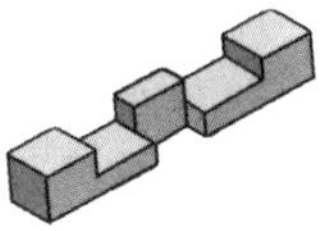

四、三小粒我的寵物鼠托比吃的飼料。

五、一英鎊又四十七便士（包括一枚一英鎊的銅板、一枚二十便士的銅板、兩枚十便士的銅板、一枚五便士的銅板，以及一枚二便士的銅板）。

六、一枚紅色的迴紋針。

七、一把我家前門的鑰匙。

我手上還戴著錶，他們要我也把它交出放在桌上，但我說我必須戴著手錶，因爲我需要知道準確的時間。當他們企圖從我手上拿走手錶時，我開始尖叫，所以他們讓我留下它。

他們問我有沒有家人，我說有。他們問我家裡還有誰。我說有父親，但母親去世了。我說還有泰利叔叔，不過他住在桑德蘭，他是父親的弟弟。我還有祖父母，但其中有三位已經過世了，柏頓外婆住在療養院內，因爲她有老年癡呆症，她以爲我是某個電視明星。

然後他們問我父親的電話號碼。

我告訴他們他有兩個電話號碼，一個是家裡，一個是行動電話，我把兩個都告訴他們。

警察局內的牢房蓋得不錯，它幾乎是個完美的立方體，二公尺長、二公尺寬、二公尺高，可以容納大約八立方公尺的空氣。它有個小窗，窗上裝有鐵條，窗子的正對面有一扇鐵門，門上靠近地板的地方有一個瘦長型的小活動門，目的是要傳遞餐盤。同樣門上較高的地方也有另一扇小活動門，供警察觀察裡面的人犯有沒有逃走或自殺。房間裡面還有一張鋪著軟墊的長凳。

我心裡暗忖，假如我是故事中的人物，我該如何逃出去。我想恐怕很難，因爲我只剩身上穿的這套衣服，腳上的鞋子也沒有鞋帶了。

我決定最上策就是等待一個大晴天，然後利用我的眼鏡在陽光底下聚焦，使我身上的衣服著火，等他們發現煙霧把我救出來時，我再伺機逃走。假如他們沒有發現，我可以在衣服上撒泡尿，將火熄滅。

我心想，不知席太太有沒有對警察說是我殺了威靈頓。我又想，一旦警察發現她說謊，她一定會被送進監獄，因爲誣賴別人就是犯了毀謗罪。

29

我發現人很矛盾。

關於這點，有兩個主要的原因。

第一個原因是，人可以不用開口說話便表達許多意見。雪倫說假如你挑起一邊眉毛，它可以代表許多不同的意思。它可以是「我想和你上床」，同時也可以是「我覺得你剛剛說的那句話很驢」。

雪倫還說，假如你閉上嘴巴，然後從鼻孔大力呼氣，那表示你鬆了一口氣，或者你覺得無聊，或者你很生氣，完全看你從鼻孔噴出的氣多少、多快，以及你做這個動作時嘴巴的形狀而定。此外還要看你當時的坐姿，之前所說的話，以及其他好幾百種不同的意義，複雜到令人無法在幾秒鐘之內弄明白。

第二個原因是，人常常用隱喻的方式說話。以下便是幾個隱喻的例子。

我笑到襪子都脫落了。
他是她眼中的蘋果。
他們的碗櫥有一具骷髏。
我們今天過得像豬一樣。
那隻狗像石頭一樣不動。

隱喻（metaphor）的意思是以另外一種方式來詮釋某一件事，這個字來自希臘字 μετα（就是從一個地方到另一個地方的意思），以及另一個希臘字 φερειν（就是攜帶、搬運的意思），也就是用一個看似毫無關連的字來形容某件事，這表示「隱喻」這個字本身就有暗喻的意思。

我倒認爲它應該被稱爲謊言，因爲「豬」和「一天」毫不相干，一般人也不會把骷髏放在家中的碗櫥。而且當我試著在腦中用畫面來表現這個句子時，我也感到非常困惑，因爲想像某個人眼中的蘋果和很喜歡某個人完全搭不上關係，而且容易讓人忘了這個人說這句話的眞正用意。

我的名字也是個隱喻。它的意思是「搬運基督」（carrying Christ），這個字源自於希臘字 χριστος（就是耶穌基督的意思），以及 φερειν。它最早是賜給聖克里斯多弗的名字，因爲他揹著耶穌基督過河。

這又讓人聯想到，他在揹著耶穌基督過河之前已經有了這個名字。但事實上他並沒有任何稱號，因爲這只是聖經啓示錄中的一個故事，換句話說它也是個謊言。

母親常說這表示克里斯多弗是個好名字，因爲它是一個勸人向善和樂於助人的故事，但我不希望我的名字代表一個向善和樂於助人的故事，我希望我的名字能眞正代表我自己。

31

父親抵達警局時是凌晨一點十二分，我一直等到凌晨一點二十八分才見到他，但我知道他到了，因爲我聽到他的聲音。

他大聲說：「我要見我兒子。」又說：「爲什麼把他關起來？」以及：「我當然生氣。」接著我聽到一名警察叫他冷靜，然後就好一陣子沒有聲音了。

到了凌晨一點二十八分，警察打開牢房的門，告訴我有人來看我。

我走出牢房。父親站在走廊上，他高舉他的右手，五指張開成扇狀。我高舉我的左手，也五指張開成扇狀，我們手指對手指互相碰了一下。我們這樣做的原因是，父親有時想擁抱我，可是我又不喜歡擁抱人，所以我們便用這個手勢來代替，這表示他愛我。

然後警察叫我們跟著他從走廊進入另一個房間，房間內有一張桌子和三張椅子，他叫我們在桌子的一頭坐下，他自己坐在另一頭，桌上有一台錄音機，我問他我是不是要接受訊問，他要錄下訊問的內容。

他說：「我想沒有這個必要。」

他是個警探，我看得出來，因為他沒有穿制服。他的鼻孔內有很多毛，看上去彷彿有兩隻很小的老鼠躲在他的鼻孔裡。❷

他說：「我和你父親談過了，他說你不是蓄意要打警察。」

我沒說話，因為這不是一個問句。

他說：「你是蓄意打警察的嗎？」

我說：「是的。」

他蹙著眉頭說：「可是你不是故意要傷害警察的吧？」

我想了一下，說：「不，我不是故意要傷害警察，我只是不喜歡他碰我。」

接著他說：「你知道打警察是不對的，是嗎？」

❷這不是個隱喻，這是個明喻，意思是它真的看上去彷彿有兩隻很小的老鼠躲在他的鼻孔內，假如你在腦海裡想像一個人的鼻孔裡躲著兩隻很小的老鼠，你就會知道那個警探的長相了。明喻不是謊言，除非它是個不高明的明喻。

我說：「我知道。」

他沈默了幾秒，然後問道：「你有殺那隻狗嗎，克里斯多弗？」

我說：「我沒有殺那隻狗。」

他說：「你知道對警察說謊是不對的，假如你對警察說謊，可是會惹來大麻煩的，你知道嗎？」

我說：「我知道。」

他說：「那，你知道誰殺了那隻狗嗎？」

我說：「不知道。」

他說：「你說的是實話嗎？」

我說：「是的，我一向說實話。」

他說：「好，我要記你一次警告。」

我問：「你要把它寫在一張紙上像證書那樣，給我保管嗎？」

他回答：「不，警告表示我們要將你的行爲留下一個記錄，說你打警察，但那是個意外，你不是有意要傷害警察。」

我說：「可是它不是個意外。」

這時父親說：「克里斯多弗，拜託。」

警察閉上嘴巴，從鼻孔大聲呼出一口氣後說：「假如你再惹麻煩，我們會調閱這項紀錄，看到你被記了一次警告，我們就會更認眞處理你的事。你明白我的意思嗎？」

我說我明白。

然後他說我們可以回去了。說著，他站起來，把門打開，我們經過走廊，回到櫃臺，我領回我的瑞士行軍刀和我的一小段繩子，還有我的木頭益智拼圖、三粒托比的飼料、我的一英鎊又四十七便士、迴紋針，以及我的前門鑰匙，這些東西都放在一個小塑膠袋內。我們坐上父親的車，他的車就停在警察局外面，然後我們就開車回家了。

37

我不說謊。母親常說這是因爲我很乖，但這不是因爲我很乖，這是因爲我沒辦法說謊。

母親的個子小小的，身上的味道很香。她有時會穿一件粉紅色的羊毛衣，前面有一條拉鍊開到底，毛衣的左邊有個小小的標籤，上面寫著「柏哥斯」(Berghaus)。

說謊就是根本沒有發生的事你卻說它發生了。但每一件事情都只發生在某一特定時間與某一特定地點，其他無限多的事情並沒有發生在那個時間與那個地點。假如我想到某件不曾發生的事，我就會開始聯想所有其他不曾發生的事情。

打個比方，我今天的早餐是即食燕麥片和一杯熱的覆盆子奶昔，可是假如我說我吃的是雀巢早餐麥片和一杯茶❸，我就會開始想到可可和檸檬汁、麥片粥和 Dr. Peppe，又會想到我在埃及沒有吃早餐，房間裡沒有犀牛，父親沒有穿潛水衣等等，事實上我連寫到這裡都會開始膽戰心驚，就如同我站在一棟非常高的建築樓頂，腳下有成千上萬的房屋、汽車和行人，我的腦袋想的盡是這些東西，這時我就會開始害怕我會忘了乖乖站好，手扶著欄杆，害怕我會掉下去摔死。

這是我不喜歡純小說的另一個原因，因為它們總是瞎編一些事實上不曾發生的事，這些謊言讓我膽戰心驚。

這也是為什麼我這裡所寫的都是事實。

❸事實上我不可能吃雀巢早餐麥片和喝茶，因為它們都是棕色的。

41

回家的路上天上有雲，所以我看不見銀河。

我說：「對不起。」因爲父親不得不進警察局，這是一件壞事。

他說：「不要緊。」

我說：「我沒有殺那隻狗。」

他說：「我知道。」

然後他又說：「克里斯多弗，你一定不可以去惹麻煩，好嗎？」

我說：「我不知道我會惹麻煩，我喜歡威靈頓，我是去和牠打招呼的，但我不知道有人把牠殺了。」

父親說：「反正盡量不要去管別人的閒事。」

我想了一下，說：「我要查出誰殺了威靈頓。」

父親說：「你聽到我剛才說的話了嗎，克里斯多弗？」

我說：「聽到了，我聽到了你剛才說的話，可是如果有人被殺了，你一定要找出是誰幹的，這樣才能將他們繩之以法。」

他說：「那只是一條狗，克里斯多弗，一條該死的狗。」

我回答：「我認爲狗也很重要。」

他說：「算了吧。」

我說：「不知道警察會不會查出誰殺了牠，並且懲罰這個人。」

父親聽了，拳頭往方向盤上重重一搥，車身立刻扭了一下，微微超越馬路中央的虛線。他大聲說：「我叫你算了吧，看在老天分上。」

我看得出他生氣了，因爲他的聲音很大，我不想惹他生氣，所以我一路上都沒再開口說話。

當我們從前門進入屋內後，我直接走到廚房，拿了一根胡蘿蔔準備餵托比吃，然後我上樓，關上我的房門，我把托比放出來，給牠胡蘿蔔。接著我打開電腦，玩了七十六次掃地雷的遊戲，並且在一百零二秒之內便晉級到最高級，比起我的最高紀錄九十九秒只慢了三秒。

凌晨兩點零七分，我決定先喝一杯橘子汁後再刷牙睡覺，於是我下樓到廚房，父親坐在沙發看電視上的撞球節目，一面啜飲威士忌。淚水從他眼中流出。

我問他：「你在爲威靈頓傷心嗎？」

他注視我良久，沈重地從鼻子吸氣，然後他說：「是的，克里斯多弗，可以這麼說，你也可以這麼說。」

我決定不去打擾他，因爲當我傷心時，我也希望別人不要來打擾我，所以我不再多說，我只是走到廚房，給自己倒了一杯橘子汁，帶到我房間。

43

母親在兩年前過世。

有一天我放學回家，沒有人來幫我開門，於是我從廚房後面的花盆底下取出藏在那裡的鑰匙，自己開門進屋，繼續做我未完成的雪曼坦克車模型。

一個半小時後父親下班回來。他開了一家公司，和一個叫羅利的人一起做暖氣保養與鍋爐維修的工作，羅利是他的員工。父親敲了我的房門後開門進來，問我有沒有看到母親。

我說我沒看見，他便下樓去打電話。我沒聽見他在電話中說了什麼。

不久他又來我房間，說他要出去一下，又說他沒把握會出去多久。他說假如我需要任何東西，可以打他的行動電話通知他。

結果他出去了兩個半小時。他回來後我才下樓。我發現他坐在廚房，瞪著窗外後院邊的池塘，還有鑄鐵圍籬和曼斯德街上的教堂尖塔。教堂是諾曼第式建築，外觀像一座城堡。

父親說：「你恐怕會有好一陣子見不到你母親了。」

他說這句話時沒有看我，兩眼還是一直望著窗外。

通常人家和你說話時眼睛都會看著你，我知道他們都看得出我心裡在想什麼，但我看不出他們在想什麼，就像在間諜片中有透視鏡的房間一樣。不過父親跟我說話時不看著我，感覺還蠻好。

我說：「爲什麼？」

他等了好久才說：「你母親住院了。」

「我們能去探望她嗎？」我問，因爲我喜歡醫院，我喜歡那些制服和機器。

父親說：「不能。」

我說：「爲什麼不能？」

他說：「她需要休息，她需要一個人安靜休息。」

我問：「她住的是精神病院嗎？」

父親說：「不是，那是普通醫院，她有病……心臟病。她有毛病……心病。」

我說：「那我們要送食物去給她。」因爲我知道醫院的食物都不怎麼好吃。學校的大衛爲了走路方便，曾經住院動手術拉長他的小腿肌肉。他就很討厭醫院的伙食，所以他的母親每天都送三餐去給他。

父親隔了好久才說：「明天你上學後我會送去，我會把它交給醫生，他們自然會轉交給你媽，好嗎？」

我說：「可是你又不會煮。」

父親抹著臉說：「克里斯多弗，我會從瑪莎百貨買一些現成的食物送去，她喜歡那裡的食物。」

我說我想作一張慰問卡給她，因爲有人住院就要送慰問卡。

父親說他會在第二天送去。

47

第二天上午上學途中，我們一連遇到四輛紅車，這表示這一天是吉日，所以我決定不要為威靈頓的事傷心。

學校的心理醫生賈先生有一次問我，為什麼一連遇到四部紅車是吉日，一連遇到三部紅車是中吉日，一連遇到五部紅車是上吉日。又為什麼一連遇到四部黃車是凶日，只要遇上這種日子，我就不和任何人說話，獨自一個人默默的看書，不吃午餐，也不冒險。他說我是個非常合邏輯的人，所以他很驚訝我會有這種想法，因為這是非常不合邏輯的行為。

我說我喜歡事情有條有理，而使事情有條有理的辦法就是要合乎邏輯，尤其是假如那些事和數目字和一場爭論有關。不過，還有其他方法讓事情變得有條不紊，這就是我要區分吉日和凶日的原因。我說，有些上班的人早上從家裡出門，看見陽光普照，他們就會感到快樂，或者看到下雨就會讓他們感到悲傷，然而唯一的差別是天氣，以及他們上的是那種不管他們的心情好壞都和天氣無關的班。

我說，父親每天早上起床之後，一定先穿褲子再穿襪子，這是不合邏輯的，但他每天都這樣，因爲他也喜歡做事有條有理。還有，每當他上樓時，他總是一次跨兩級，而且總是從右腳開始。

賈先生說，我是個非常聰明的孩子。

我說我不聰明，我只是注意到一些小細節而已，那不算聰明，那只是善於觀察。聰明是你要能看出事情的眞相，利用證據來發現新東西。就像宇宙的擴張，或殺人兇手一樣。或者，假如你看到某人的名字，你便將每一個字母從一到二十六按順序編排（a＝1，b＝2等等），然後你用心算把這些數目加起來，結果就會得到一個質數，譬如：耶穌基督（Jesus Christ）（151），或蘇比狗（Scooby Doo）（113），或夏洛克·福爾摩斯（Sherlock Holmes）（163），或華生醫生（Doctor Watson）（167）。

賈先生問我，把事情安排得有條有理是不是會讓我比較有安全感，我說是。

然後他問我是不是不喜歡改變。我說舉例來說，假如我成爲太空人，我就不在乎改變了。除了變成女孩或死掉以外，成爲太空人是你所能想到的最大的改變。

他問我是不是想當太空人，我說是。

他說當太空人的必備條件是很嚴苛的。我說我知道。你必須先成爲空軍軍官，必須接受許多命令，還要有殺人的心理準備，可是我不能接受命令，而且我也沒有當飛行員必備的2.0／2.0視力，但是我說，你還是可以有不可能實現的希望。

學校的同學法蘭西有個哥哥叫泰立，他說我只能在超級市場當一個收推車的工人，或在動物收容所清理驢大便，又說他們不會讓一個瘋子駕駛數十億英鎊的太空火箭。我把這件事告訴父親，他說泰立只不過是在嫉妒我比他聰明，我不應該介意這件事，因爲我們又不是在競爭。不過泰立是個笨蛋，就像拉丁文說的「quoa erat demonstrandum」，意思是「總有一天可以證明」。

我和法蘭西不一樣，我不是個「瘋子」。就算我不能當上太空人，將來我也會上大學去研究數學或物理，或者數學兼物理（那是一種聯合高等學校），因爲我喜歡數學和物理，而且我的成績很好。但是泰立不能上大學，父親說泰立將來說不定會老死在監獄。

泰立的手臂上有一個心形的刺青，中央插著一把刀。

不過這是所謂的離題太遠，現在我要言歸正傳，回到吉日這個話題。

由於這一天是吉日，我決定調查誰殺了威靈頓，因爲吉日是規劃方案與擬訂計畫的日子。

我把這件事告訴雪倫，她說：「我們本來就計畫今天寫故事，何不寫出你發現威靈頓遇害和你去警察局的經過。」

所以我才會開始寫這篇故事。

雪倫說她會幫我改拼字和文法和標點符號。

53

兩個星期之後，母親死了。

我沒有去醫院看她，但父親從瑪莎百貨買了許多食物送去，他說她看起來還不錯，而且好像有在慢慢恢復。她說她好愛好愛我，而且把我送給她的慰問卡擱在床邊。父親說她非常喜歡。

卡片的正面有好幾輛汽車，就像這樣。

這是我和學校的皮太太一起做的，她是我們的美勞老師。它是一種亞麻油氈布的浮雕版畫，你必須先在一塊亞麻油氈布上畫出一個圖案，由皮太太用一把美工刀割下來，然後你把油墨塗在油氈布上再印在紙上。我只

作了一輛車，但是在紙上重複印了九次，所以它們看起來都一模一樣。一口氣印好幾輛車是皮太太的主意，我也很喜歡。我把它們都塗上紅顏料，好讓母親有個上上吉日。

父親說她死於突發性心臟病，誰都沒想到。

我說：「哪一種突發性心臟病？」我很驚訝。母親才三十八歲，而突發性心臟病通常是老年人才有的疾病，母親平日不但活動量大，而且騎腳踏車，吃高纖與低飽和脂肪的健康食物，例如雞肉、蔬菜和什錦果麥。

父親說他不知道她得了哪一種突發性心臟病，現在不是問這種問題的時候。

我說，說不定是動脈瘤。

突發性心臟病是有一部份心肌得不到血液的滋養而失去功能。突發性心臟病主要分成兩種，一種是栓塞，就是血塊阻擋了血管運送血液到心臟的肌肉，你可以藉著服用阿司匹靈和多吃魚來預防。這也是愛斯基摩人不會得突發性心臟病的原因，因爲他們吃魚，魚使他們的血液不致於凝結成血塊，不過假如他們受傷大量流血，也還是會失血而死。

另外一種是動脈瘤，就是血管破裂，血液流失了無法到達心臟的肌肉。有些人會得動脈瘤是因爲他們的血管有個地方比較脆弱，就像住在我們那條街上七十二號的哈太太，她的頸子裡面的血管有個脆弱的地方，結果她在停車場轉頭要倒車時就暴斃了。

還有一種可能性是栓塞，因爲臥床太久，好比住在醫院時，使得血液更容易形成凝塊。父親說：「我很抱歉，克里斯多弗，我眞的很抱歉。」

但這不是他的錯。

後來席太太過來煮晚飯給我們吃，她穿著拖鞋牛仔褲和一件T恤，上面印著「風浪板」和「科孚島」字樣，還有一艘風帆的圖案。

父親坐在椅子上，她站在他旁邊，摟著他的頭貼著她的胸口說：「好了，愛德華，我們會協助你度過這個難關。」

然後她做蕃茄醬義大利麵給我們吃。

吃過飯後她陪我玩拼字遊戲，我以二百四十七分擊敗她的一百三十四分。

59

我決定即使父親叫我不要管別人的閒事，我還是要調查誰殺了威靈頓。

這是因為我不是個每次都聽話的人。

而且每當有人叫你做事時，他的話通常說得不清不楚而且不合理。

例如，人們常說「安靜」，但他們不會告訴你要安靜多久，或者你看到一塊牌子寫著「不要踐踏草地」，事實上它應該說明「不要踐踏這塊牌子附近的草地」，或「不要踐踏公園內的所有草地」，因為有許多草地是被允許通行的。

何況人們老是違規。譬如，父親經常在限速三十哩的地區開車超過時速三十哩，而且他有時也會酒後開車，還常常在開他的小貨車時不繫安全帶。聖經上說「不可殺人」，但是十字軍東征、兩次世界大戰，還有波斯灣戰爭，都有基督徒在殺人。

還有，我不明白父親說「不要管別人的閒事」是什麼意思，因為我不懂他說的「別人的閒事」是指哪些事。我常和別人一起做許多事，不管是學校也好，商店也好，校車上也好。何況他的工作是到別人的家裡修理他們的鍋爐和暖氣機，這些事都是別人家的事。

雪倫就知道該怎麼辦。當她告訴我不要做某件事時，她會明白告訴我不可以做什麼。我喜歡這樣。

譬如她有一次說：「你無論如何都不可以打莎拉，克里斯多弗，即使她先打你也不行。假如她再打你，你就走開，安靜的站著，從一數到五十，然後來告訴我她做了什麼，或者告訴其他老師她做了什麼。」

又譬如，她有一次說：「假如你想玩鞦韆，但是已經有人坐在鞦韆上了，這時你絕對不可以把他們推下去，你一定要問他們能不能讓你也玩一下，然後你一定要在旁邊等到他們下來才可以玩。」

可是別人叫你不能這樣那樣時，他們卻不是這樣說的，所以我決心自己決定該做什麼或不該做什麼。

那天晚上我走到席太太家敲門，然後等她來開門。

她來開門時手上拿著一個馬克杯在喝茶，她的腳上套著一雙羊皮拖鞋，正在看電視上的益智問答節目，因爲電視開著，我聽到有聲音在說：「委內瑞拉的首都是……一、馬拉加斯。二、加拉卡斯。三、波哥大。四、喬治城。」我知道正確答案是加拉卡斯。

她說：「克里斯多弗，我現在不想見到你。」

我說：「我沒有殺威靈頓。」

她回答說：「你來幹嘛？」

我說：「我來告訴妳我沒有殺威靈頓，而且我要查出是誰殺了牠。」

她手上的茶水潑出一點落在地毯上。

我說：「妳知道誰殺了威靈頓嗎？」

她沒有回答我的問題，只說：「再見，克里斯多弗。」然後把門關上。

我決定開始展開調查。

我知道她在看我，在等我離開，因爲我從她家前門的毛玻璃看出她還站在走廊上，所以我走過步道，離開花園。過一會兒我轉頭去看，發現她沒有站在她家的走廊上了。我先確認沒有人在看後，便翻過圍牆，從她家旁邊悄悄走進她的後花園，到她存放園藝工具的小倉庫。

倉庫的門用一把掛鎖鎖著，我進不去，所以我繞到旁邊的窗戶。運氣不錯，我從窗子望進去，看到一把和刺穿威靈頓身體的鐵叉一模一樣的鐵叉，它就躺在窗戶邊的長凳上，已經被清洗過了，因爲上面沒有血跡。我還看到一些其他工具，有一把鏟子、一把鐵耙，還有一把人們用來修剪高處枝條的大鐵剪，全都和那把鐵叉一樣，有相同的綠色塑膠把手，這表示鐵叉要不就是席太太的，否則就是毫不相干的東西，換言之是一個會造成誤判，或以假亂眞的線索。

我懷疑會不會是席太太自己殺了威靈頓，但假如她自己殺了威靈頓，爲什麼又要從她屋子裡跑出來大聲嚷嚷：「要死了，你把我的狗怎麼啦？」

我想席太太或許沒有殺威靈頓，但不管是誰殺牠的，用的都是席太太的鐵叉，然而倉庫又是上鎖的，這表示兇手有席太太家倉庫的鑰匙，或者當時倉庫沒有上鎖，或者她的鐵叉當時剛好棄置在花園裡。

我聽到一陣聲響，轉頭去看，發現席太太站在草地上望著我。我說：「我來看鐵叉是否還在倉庫裡。」

她說：「你再不走，我又要叫警察來了。」

於是我回家了。

回到家後，我和父親打過招呼後便上樓餵我的寵物鼠托比。我心裡很高興，因爲我開始作偵探了，而且有了一點進展。

61

學校的傅太太說，母親死了以後就上天堂了。這是因爲傅太太已經很老了，而且她又相信天堂這回事。傅太太平日都穿運動褲，她說運動褲比普通的長褲更舒服。她曾經在一次騎腳踏車時發生意外，所以她有一條腿略微短一點。

可是母親死了以後沒有上天堂，因爲天堂並不存在。

皮太太的先生是個教會牧師，叫皮牧師，他有時會到學校來和我們談話，我問他天堂在哪裡，他說：「不在我們的宇宙裡，它是另一個同時存在的地方。」

皮牧師在思考時，會用他的舌頭發出一種好玩的聲音。他也抽菸，你可以從他的呼吸裡聞到香菸的味道，我不喜歡。

我說宇宙之外沒有任何東西，也沒有另一個同時存在的地方，除非你穿過黑洞，那也許會有，但黑洞是所謂的「奇異點」，這表示你無法看到黑洞的另一邊，因爲黑洞的引力太大，連光那樣的電磁波都無法穿透。假如天堂果眞位在黑洞的另一邊，死去的人就必須靠火箭發射才能到達那裡，事實上他們並沒有，否則大家就會知道了。

我認爲人們相信天堂，是因爲他們不喜歡死這件事，因爲他們還想活下去，同時他們也不喜歡別人住進他的房子，還把他的東西扔進垃圾桶。

皮牧師說：「我說天堂在宇宙的另一邊，那只是一種說話的方式，我想它眞正的意思是她們和上帝在一起。」

我回答：「可是上帝在哪裡？」

皮牧師說，我們應該等改天他比較有空時再討論這個問題。

事實上，人死後大腦就停止工作了，肉體也會開始腐爛，和兎子死了以後一樣，所以我們把牠們埋在花園底下，牠們的分子分解成其他分子，滲進土裡，被蟲子吃進肚子裡，進入植物體內。如果我們十年後將同一地點的土壤挖開，將只會看到牠剩下的骨頭，一千年後，甚至連骨頭也不見了。不過這樣也不錯，因爲牠早已成爲花朵、蘋果樹和山楂樹的一部份。

人死後有時會放進棺木裡埋葬，這表示他們的遺體會有很長一段時間不會和土壤結合，直到棺木腐爛爲止。

但是母親的遺體是採取火葬的方式，也就是說她被放進棺木後焚燒，成爲一坏骨灰和濃煙。我不知道那些骨灰最後的下場，我也無法問火葬場的人，因爲我沒有參加葬禮。不過濃煙從煙囪冒出，飄上天空。有時抬頭望著天空，我會想像上面有母親的分子，或者在雲層間，緩緩的飄過非洲或南極上空，或者成為雨水落在巴西的雨林，或是混合在皚皚白雪中飄落在某個地方。

67

第二天是星期六。星期六通常沒什麼事做，除非父親帶我去湖中划船，或去園藝中心。不過這個星期六英格蘭足球隊要對抗羅馬尼亞隊，這表示我們不會出去郊遊，因爲父親要在家看電視轉播，所以我決定自己再去作點偵探工作。

我決定去問住在我們這條街上的其他住戶，看他們有沒有目睹任何人殺死威靈頓，或者在星期四晚上有無看見街上發生不尋常的事。

我通常不和陌生人說話，我不喜歡和陌生人說話。這倒不是因爲學校常常提醒我們要防範危險的陌生人，因爲陌生人給你糖吃，或叫你坐上他的車，是因爲他要和你做性的那回事。我倒不擔心那個，因爲陌生人一碰到我，我一定會揍他，而且出手很重。譬如，莎拉扯我的頭髮，因此我揍她，結果把她揍昏了，她還因此腦震盪，他們不得不將她送進醫院的急診室。加上我口袋內還有一把瑞士行軍刀，上頭附有一把鋸刀，可以切斷人的指頭。

我不喜歡陌生人，因爲我不喜歡我沒見過的人。他們很難理解，就好像在法國一樣，母親在世時我們有時會去那裡度假，去露營。我很不喜歡，因爲如果你進入一家商店或餐館，或在海灘，而你卻聽不懂他們說的話，那是很嚇人的。

我需要花很長的時間才能適應我不認識的人。譬如，學校如果來了新職員，我要等好幾個星期以後才會和他們說話。我會一直觀察他們，直到我確認他們不危險爲止。之後我會問他們一些有關他們的問題，好比他們有沒有養寵物，他們最喜歡什麼顏色，他們對阿波羅太空任務有多少認識，然後我會要他們畫一張他們家的平面圖，問他們開什麼車，藉此進一步瞭解他們。這一來我就不會在意和他們同處一室，也不需要時時刻刻留心他們了。

所以，和住在同一條街上的鄰居說話是件需要勇氣的事，可是假如你要當偵探你就必須勇敢，所以我別無選擇。

首先，我畫了一張我們那條街所有住戶的平面圖，我們這條街叫做藍道夫街，這張圖是這樣的：

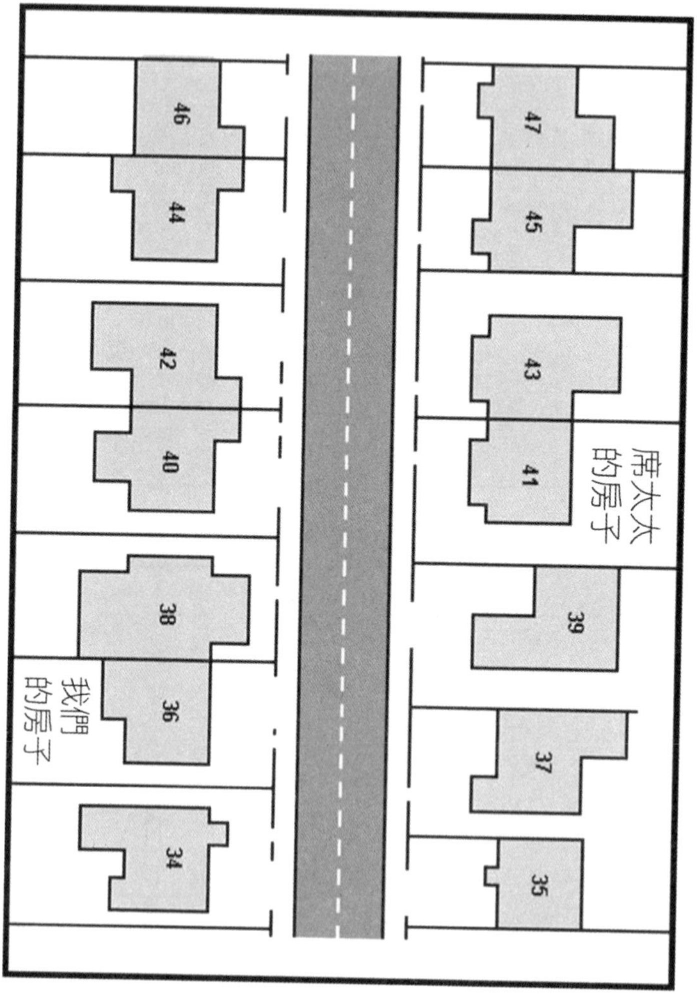
46
47
44
45
42
43
40
41
唐太太的房子
38
39
36
我們的房子
37
34
35

接著我檢查我的瑞士行軍刀是否安穩的躺在我的口袋內，然後我走出去敲席太太正對面四十號的門，因爲他們最有可能看見異狀。住在四十號的鄰居姓湯。

湯先生出來開門，他穿著一件T恤，上面有這樣的字：

啤酒有助於醜人性福美滿

湯先生說：「有什麼事嗎？」

我說：「你知道誰殺了威靈頓嗎？」

我沒有看他的臉，我不喜歡看人家的臉，尤其是陌生人。他有好一會兒沒應聲。

然後他說：「你是誰？」

我說：「我叫克里斯多弗・勃恩，我住在三十六號，我認識你，你是湯先生。」

他說：「我是湯先生的哥哥。」

我說：「你知道誰殺了威靈頓嗎？」

他說：「威靈頓是啥鬼東西？」

我說：「席太太的狗，席太太住在四十一號。」

他說：「有人殺了她的狗？」

我說：「用鐵叉。」

他說：「老天。」

我說：「一把園藝用的鐵叉。」免得他以爲我說的是一把吃飯用的叉子。接著我又說：「你知道誰殺了牠嗎？」

他說：「我完全不知道。」

我說：「你在星期四晚上有看到任何異狀嗎？」

他說：「孩子，你確定你要這樣到處發問嗎？」

我說：「是的，因爲我要查出誰殺了威靈頓，而且我正在寫一本有關這樁事件的書。」

他說：「我星期四在科契斯特，所以你問錯人了。」

我說：「謝謝你。」然後我就走了。

四十二號沒有人應門。

我見過住在四十四號的人，但我不知道他們姓什麼。他們是黑人家庭，有一位先生和一位女士帶兩個小孩，一男一女。那位女士來開門，她穿著一雙靴子，樣子像軍靴。她的手腕上戴著五個銀色的金屬手環發出叮噹聲。她說：「你是克里斯多弗，是嗎？」

我說是，我問她知不知道誰殺了威靈頓。她知道威靈頓是誰，所以我不需要解釋，而且她也聽說過牠被殺這回事。

我問她有沒有在星期四晚上看見任何可疑的異狀，那或許會是個有利的線索。

她說：「比如什麼？」

我說：「比如陌生人啦，或者有人吵架的聲音。」

但她說沒有。

然後我決定採取所謂的「迂迴戰術」，問她是否知道有誰可能惹席太太傷心。

她說：「也許你應該去問你父親。」

我說我不能問我父親，因爲這是暗中調查，父親交代我不要管別人家的事。

她說：「也許他說的有理，克里斯多弗。」

我說：「那妳不知道任何可能的線索了？」

她說：「不知道。」然後她又說：「你可得小心點，年輕人。」

我說我會小心，接著我謝謝她回答我的問題，然後我便轉往席太太家隔壁的四十三號。

住在四十三號的是魏先生和他的母親，她坐輪椅，所以他和她一起住，這樣他才能帶她去商店買東西和開車載她去兜風。

應門的是魏先生。他身上有股體味，外加過期餅乾與爆米花的味道，就是當你很長一段時間沒有洗澡散發出的味道，和學校的傑生味道一樣，因爲他家很窮。

我問魏先生是否知道誰在星期四晚上殺了威靈頓。

他說：「老天爺，如今的警察是越來越年輕了，不是嗎？」

說著他笑了起來。我不喜歡人家笑我，所以我轉身走開了。

我沒有敲三十八號的門，三十八號緊鄰我家，一家人都吸毒，父親說我永遠不可以和他們說話，所以我沒有找他們。他們常在晚上把音樂開得忒大聲，有時我在路上遇到他們，他們總是讓我感到畏懼。再說，那實際上也不是他們的房子。

這時我注意到住在三十九號的老太太，她是席太太另一邊的鄰居，她此刻就在屋前的花園內，拿著一把電動剪修剪她家的樹籬。她有一隻狗，一隻臘腸狗，所以她有可能是個好人，因爲她喜歡狗。但那隻狗沒有在花園裡，而是在屋裡。

這位亞太太穿著牛仔褲和運動鞋，這在老人家倒是相當罕見的打扮。牛仔褲上沾著泥土，運動鞋是 New Balance 的，繫著紅鞋帶。

我走向亞太太，說：「妳知道威靈頓被殺這件事嗎？」

她將電剪關掉，說：「請你再說一遍，我有點重聽。」

於是我說：「妳知道威靈頓被殺這件事嗎？」

她說：「我昨天聽說了，眞可怕，眞可怕。」

我說：「妳知道是誰殺的嗎？」

她說：「不，我不知道。」

我說：「一定會有人知道，因爲殺威靈頓那個人知道他殺了威靈頓，除非他是瘋子，不知道自己做了什麼，要不然就是得了健忘症。」

她說：「我想你說的有道理。」

我說：「謝謝妳協助我調查。」

她說：「你叫克里斯多弗，是吧？」

我說：「是的，我住在三十六號。」

她說：「我們以前沒說過話，是吧？」

我說：「沒有，我不喜歡和陌生人說話，不過我現在在做偵探工作。」

她說：「我每天都看到你，你去上學。」

我沒回答。

她說：「你能過來打招呼眞好。」

我也沒回答，因爲亞太太這幾句話其實是寒暄的話，就是一般人互相交談時那些既不發問也不回答，而且毫不相干的話題。

接著她說：「即使你只是在做調查。」

我又說：「謝謝妳。」

我準備轉身離開，但她說：「我有一個和你一樣大的孫子。」

我試著以聊天的方式說：「我今年十五歲又三個月零三天。」

她說：「那，差不多和你一樣大。」

我們沈默了一會，她又說：「你沒有養狗，是嗎？」

我說：「沒有。」

她說：「你似乎喜歡狗，是不是？」

我說：「我有一隻老鼠。」

她說：「一隻老鼠？」

我說：「牠叫托比。」

她說：「喔。」

我說：「大多數人都不喜歡老鼠，因爲他們認爲牠會帶來像淋巴腺鼠疫那樣的疾病，但那是因爲牠們住在下水道，後來又被帶上船，從正在流行怪病的外國入境。事實上老鼠是很乾淨的，托比常常洗澡，而且你不用帶牠出去散步，我只讓牠在我的房間內跑一跑，這樣牠才能有一些運動。而且他有時會坐在我的肩膀上，或藏在我的袖子裡把袖口當作地洞，其實老鼠不是天生住在地洞裡。」

亞太太說：「你要不要進來喝杯茶？」

我說：「我不進別人的屋子。」

她說：「那，要不然我把它們端出來，你喜歡檸檬汁嗎？」

我回答：「我只喝橘子汁。」

她說：「幸好我也有一些橘子汁，要不要吃貝登堡蛋糕？」

我說：「我不知道，我不知道什麼是貝登堡蛋糕。」

她說：「那是一種蛋糕，它的中間有四個粉紅色和黃色的小方塊，外面包一圈杏仁糖霜。」

我說：「是不是一種長長的蛋糕，中間有分成四等分的正四方形圖案，顏色互相間隔的那種？」

她說：「是的，我想你這樣形容也對。」

我說：「我喜歡粉紅色的方塊，但是不喜歡黃色的方塊，因爲我不喜歡黃色。我也不知道杏仁糖霜是什麼東西，所以我不知道我會不會喜歡。」

她說：「恐怕杏仁糖霜也是黃色的，要不然我拿一些餅乾出來好了，你喜歡餅乾嗎？」

我說：「喜歡，某幾種餅乾。」

她說：「我拿出來讓你挑。」

說著她轉身進入屋內。她走得很慢，因爲她是個老太太，而且她進去了至少六分鐘，因此我開始緊張，因爲我不知道她在屋子裡幹什麼。我和她不熟，不知道她說拿橘子汁和貝登堡蛋糕是不是實話。我又猜想她說不定會打電話給警察，那我就麻煩大了，因爲我已經被警告過一次。

所以我離開了。

當我穿過街道時，我忽然生起誰可能殺了威靈頓的靈感。我在腦子裡做這樣的「連環推論」：

一、你爲什麼要殺狗？

(a)因爲你討厭狗

(b)因爲你瘋了

(c)因爲你要讓席太太難過

二、我不知道誰討厭威靈頓，所以假如答案是(a)，那很可能是個陌生人。

三、我不認識任何瘋子，所以假如答案是(b)，那也可能是個陌生人。

四、大多數的兇手都認識被害人，事實上，在聖誕節當天最有可能殺死你的是你自己的家人。這是個事實。因此威靈頓極有可能是被牠熟悉的人下的毒手。

五、假如答案是(c)，我只知道一個人不喜歡席太太，那就是席先生，他同時也跟威靈頓很親近。

這麼說，席先生是我的「頭號嫌犯」。

席先生以前和席太太結婚，兩人一直共同生活到兩年前才分手。後來席先生離開了，沒有再回來。所以席太太才在母親死後常常過來我家為我們煮飯，因為她不用再替席先生做飯了，也不用待在家裡作他的太太。何況父親說她也需要伴，她不想要一個人孤孤單單的。

有時席太太也會在我們家過夜，我喜歡，因為她會把家整理得乾乾淨淨，她也會把鍋碗瓢盆井然有序的擺放在她的身高搆得到的廚房碗櫥裡，而且她總是把標籤朝外，刀叉湯匙也正確的放在抽屜內的隔間裡。不過她喜歡抽菸，而且她會說一些我聽不懂的話，例如：「我要去睏覺了」和「在外面耍猴」，和「咱們快先塡點肚子」。我不喜歡她說這種話，因為我聽不懂。

而且我也不明白為什麼席先生會離開席太太，沒有人告訴過我。可是我想男女一旦結婚，就表示想住在一起生小孩，而且如果是在教堂結婚，就一定要發誓永遠生活在一起，至死不渝。假如不想住在一起了，雙方就必須離婚，原因是其中有一個人和別人發生性關係了，或者兩人爭吵了，所以互相討厭彼此，再也不願意住在同一個屋簷下，並且生小孩。席先生不想再和席太太住在同一間屋子裡，所以他一定很討厭她，說不定他因此回來殺了她的狗，目的就是要讓她傷心。

我決定想辦法調查更多有關席先生的線索。

71

我們學校的其他學生都很笨，不過我不會故意說他們笨，雖然他們本來就很笨。我會說他們有學習障礙，或他們有特殊需要。但是這樣說很蠢，因爲每一個人都有學習障礙，不管是學講法語或瞭解相對論都是困難的。而且每個人都有他的特殊需要，好比父親必須隨身攜帶人工甘味糖摻在咖啡裡，免得發胖；或席太太戴著膚色助聽器；或雪倫戴著很厚的鏡片，假如你借來戴，你就會頭痛。這些人雖然都有特殊的需要，但他們都不算是「有特殊需要的人」。

但是雪倫說我們一定要用這種形容詞，因爲一般人常會說學校那些孩子是瘋子、瘸子、雜種，這些都是不好的字眼。但也有很無聊的，有時其他學校的學生在路上看見我們從校車下來，就會大聲喊：「特殊需要！特殊需要！」不過我都不理會，因爲我不會去聽別人說話，不會輕易上當，而且我手上有我的瑞士行軍刀，假如他們因爲揍我而被我殺死，那樣算自衛，我不會去坐牢。

我現在就來證明我不笨。下個月我就要參加我的A級數學檢定考試了，而且我一定會拿到A等成績。我們學校從來沒有人參加過數學的A級檢定考試，校長葛太太起初也不讓我參加，說她們沒有這種設備讓我們接受A級檢定考試，但父親非常生氣，他向葛太太據理力爭。葛太太說她們不想給我特殊待遇，否則每個人都會要求特殊待遇，這樣我會創下先例。再說，等我到了十八歲時，我隨時可以參加A級數學檢定考試。

葛太太說這番話時，我和父親一起坐在她的辦公室內，父親說：「克里斯多弗已經聽夠這些廢話了，妳不要再瞎扯了，我的天，這是他眞正拿手的學科呀。」

然後葛太太說，她要再找一天和父親商談這件事，但父親問她是不是要說一些會當面令我難堪的話，她說不是，於是父親說：「那就現在說。」

於是她說，假如我要參加A級數學檢定考試，必須有一個學校教職員在一個單獨房間內特別爲我監考，父親說他願意付給這個人五十英鎊加班費，這件事就這樣說定。校長說她需要一點時間考慮。過了一個禮拜，她打電話到家裡來，告訴父親我可以去參加考試，皮牧師會是所謂的監考官。

等我考完A級數學檢定考試後，我還要繼續參加A級數學進階檢定考試和物理檢定考試，然後我就可以上大學了。我們住的這個史雲登鎭沒有大學，它是個小鎭，所以我們必須搬到另外一個有大學的城市，因爲我不願意一個人住，也不願意和其他學生同住。不過這不成問題，因爲父親也想搬到另一個城市居住，他有時會說這樣的話：「咱們得搬離開這個小地方，孩子。」有時他還會說：「史雲登是全世界最爛的地方。」

將來有一天，等我拿到數學或物理，或數學與物理的雙學位後，我便可以找個工作，賺很多錢，那時我可以請一個人來照顧我，煮飯給我吃，幫我洗衣服。或者我會找到一位姑娘嫁給我，做我的妻子，她可以照料我、和我作伴，我就不會孤孤單單一個人了。

73

以前我常想，母親和父親說不定會離婚，因爲他們經常吵架，有時甚至彼此厭惡。這都是因爲照顧像我這樣一位有「行爲問題」的孩子壓力太大的緣故。但我現在沒有那麼多問題了，因爲我長大些了，可以自己做決定，也可以獨力做事，譬如出門去路口的小店買東西等。

以下是我的「行爲問題」中的一部份：

A. 很長一段時間不和人說話。❹

❹我曾有次長達五個禮拜沒有跟任何人說話。

B. 很長一段時間不吃不喝。❺
C. 不喜歡被人碰到身體。
D. 生氣或困惑時會大聲尖叫。
E. 不喜歡和人共處在一個小空間內。
F. 生氣或困惑時會破壞東西。
G. 會呻吟。
H. 不喜歡黃色或棕色的東西，拒絕碰觸黃色或棕色的東西。
I. 假如有人碰到我的牙刷，我就拒絕使用它。
J. 假如不同的食物互相沾到，我就拒吃。
K. 看不出別人在生我的氣。
L. 不會笑。

❺我六歲的時候，媽媽常讓我從有刻度的罐子裡喝草莓口味的減肥餐，這樣我們就可以比賽看我能夠用多快的速度喝完四分之一公升的量。

M. 會說一些別人認爲粗魯無禮的話。❻

N. 會做傻事。❼

O. 會打人。

P. 討厭法國。

Q. 偷開母親的車。❽

❻人們說永遠要說實話，但這未必是眞的，因爲你不可以對老年人說他們老，你也不可以對人說他身上有怪味道，也不可以對大人說他剛才放屁。你更不可以對人說「我不喜歡你」，除非那個人對你很壞。

❼傻事就是像把一整罐花生醬倒在廚房桌上，然後用刀把它刮平了鋪在整個桌面上。或者在瓦斯爐上燒東西，觀察會有什麼結果，好比燒我的鞋子或鋁箔紙或砂糖。

❽我只做過一次，那次是趁母親坐巴士進城時，我向她借汽車鑰匙。在那之前我沒有開過車，當時我只有八歲又五個月，所以我把車開去撞牆。現在汽車也沒了，因爲母親已經死了。

R.有人移動家具時我會發脾氣。❾

這些事有時會使母親和父親非常憤怒，他們會大聲斥責我，要不就是互相大聲叫罵。有時父親會說：「克里斯多弗，如果你不乖，我發誓我會把你痛打一頓。」或者母親會說：「天哪，克里斯多弗，我眞想把你送進育幼院。」或者：「我會被你氣得提早進墳墓。」

❾移動廚房的椅子和桌子沒有關係，因爲那不一樣。可是假如有人把客廳或餐廳的沙發和椅子移開，我會頭暈想吐。母親每次用吸塵器時都會移動家具，因此我擬了一個特殊計畫，列出所有的家具並量好位置，事後我便可以把它們歸回原位，這樣我才會感覺舒服。但是自從母親死後，父親始終沒有用過吸塵器，所以天下太平。席太太曾經用過一次吸塵器，但我一直呻吟，她忍不住對父親大聲吼叫，從此以後她再也不用吸塵器了。

79

我回到家時，父親坐在廚房桌旁，已經做好晚餐了。他穿著伐木工人穿的夾克衫，晚餐是烤豆子和青花菜，還有兩片火腿，全都各自攤開在盤子裡，所以不會沾到。

他說：「你去哪了？」

我說：「我去外面。」這是所謂的善意的謊言。善意的謊言不算謊言，它是你說話時沒有全部都說實話。換句話說，我們所說的每一句話其實都是善意的謊言，因爲，舉個例來說，當有人問你「你今天要做什麼？」時，你說「我要和皮太太一起畫畫」，但你沒說「我還要吃午餐，我還要上廁所，放學後我要回家，我要和托比玩，我要吃晚飯，我要玩電腦，我要上床睡覺。」而我之所以要說善意的謊言，是因爲父親不希望我去當偵探。

父親說：「席太太剛才打電話來。」

我開始吃我的烤豆子和青花菜和兩片火腿。

父親又問：「你在人家花園鬼鬼祟祟的幹什麼？」

我說：「我在做偵探，調查誰殺了威靈頓。」

父親回答說：「我告訴你多少遍了，克里斯多弗？」

烤豆子和青花菜和火腿都涼了，但我不介意，我吃東西一向很慢，所以我的食物幾乎總是冷的。

父親說：「我叫你不要管別人的閒事。」

我說：「我覺得可能是席先生殺了威靈頓。」

父親沒有吭聲。

我說：「他是我的頭號嫌犯，因爲我認爲也許有人故意殺威靈頓讓席太太傷心，而且謀殺案通常是熟人所爲……」

父親掄起拳頭往桌面上重重一搥，力道之大使他的盤子和刀叉都跳起來，我的火腿也跳起來碰到青花菜，害我不能吃這些青花菜和火腿了。

接著他大聲說：「不准在我家提到那個人的名字。」

我問：「爲什麼？」

他說：「那個人是壞人。」

我說：「這表示他有可能殺了威靈頓嗎？」

父親把頭埋進他的兩隻手掌中說：「天啊。」

我看出父親在生我的氣，於是我說：「我知道你告訴過我不要去管別人的閒事，可是席太太是我們的朋友。」

父親說：「現在不是了。」

我問：「爲什麼？」

父親說：「好吧，克里斯多弗，我再說一遍，而且是最後一遍，以後不再說了。我在和你說話時要看著我，克里斯多弗，看著我，你不可以再去問席太太誰殺了那條狗，你不可以再去問任何人誰殺了那條狗，你不可以再踏入別人家的花園，你要立刻停止這種可笑又無聊的偵探遊戲。」

我沒作聲。

父親說：「我要你許諾，克里斯多弗，你知道我說我要你許諾是什麼意思。」

我不知道怎樣才算許諾一件事。你只能說你以後不再做了，然後你就眞的永遠不能再做，因爲那樣會使你的承諾變成謊言。我說：「我知道。」

父親說：「答應我你以後不再做這些事，答應我你會立刻放棄這種可笑的遊戲，好嗎？」

我說：「我答應。」

83

我想我會成爲非常優秀的太空人。

要成爲優秀的太空人必須要很聰明，而我很聰明。此外還必須瞭解機械的作用，這方面我也很在行。並且還必須能夠獨自待在一間很小的太空艙內，遠離地球表面數十萬哩，不會驚慌，不會有幽閉恐懼症，不會想家，也不會精神錯亂。我一向喜歡小小的空間，只要沒有別人在場就沒問題。有時我想一個人獨處時，我會躲進浴室透氣的櫥櫃內，窩在鍋爐旁，把門關上，坐在裡面一連思考好幾個小時，這讓我感到非常平靜。

我可以成爲單獨作業的太空人，或者擁有我自己的太空艙，別人不能進來。

而且太空艙內不能有黃色或棕色的東西。

我會和太空任務管制中心的人說話，但那是透過無線電和電視螢幕連線，所以他們不算是眞的陌生人，而像是在玩電玩一樣。

我也不會想家，因爲我的四周都是我喜歡的東西，機械、電腦、外太空。我可以從太空艙的小窗望出去，知道幾十萬哩的身邊附近都不會有人存在。我有時會在夏天夜晚躺在草地上望著天空遐想。我會用雙手遮住我的臉頰兩側，這樣我便看不到圍籬和煙囪和曬衣架，我便可以假裝我是在太空中。

放眼所及四面都是星星，這些星星就是幾十億年前生命的組成分子形成的地方，譬如：人體血液中所含可以防止貧血的鐵質，就是在星球上形成的。

如果我能帶托比一起上太空我會更高興，說不定他們會同意，因爲他們有時會把動物帶到太空做實驗，所以如果我能想出一個可以利用老鼠，又不會傷害牠的實驗，我就可以讓他們同意我帶托比同行。

就算他們不讓我帶托比，我也還是要去，因爲這是「美夢成眞」。

89

第二天到學校，我告訴雪倫，父親禁止我再繼續作偵探，這意味這本書到此宣告結束了。我把我已經寫好的文章給她看，包括宇宙的平面圖和街道地圖和質數。她說不要緊。她說這本書寫得很好，我應該為自己能寫出一本書而感到驕傲，雖然它很短，但是文學史上也有一些寫得很短但是寫得很好的書，像康拉德所寫的《黑暗之心》。

但我說這不是一本完整的書，因為它沒有一個完整的結局，因為我還沒有查出是誰殺了威靈頓，所以兇手依然逍遙法外。

她說這就像現實生活，並非所有的謀殺案都能解開謎底，也並非所有的兇手都被繩之以法，例如開膛手傑克。

我說我不喜歡兇手逍遙法外，我說我不喜歡那個殺害威靈頓的人可能就住在附近，而我晚上出去散步時有可能會遇見他。這是有可能的，因為犯下兇案的人通常是被害者的熟人。

然後我說：「父親說我不可以在家裡提起席先生的名字，說他是壞人，也許他就是殺威靈頓的人。」

她說：「說不定只是你父親不太喜歡席先生。」

我問：「爲什麼？」

她說：「我不知道，克里斯多弗，我不知道，因爲我不認識席先生。」

我說：「席先生以前和席太太結婚，後來離開她了，就好像離婚那樣。但我不知道他們是不是眞的離婚。」

雪倫說：「席太太是你們的朋友，不是嗎？你和你父親的朋友。所以，說不定你父親是因爲席先生離開席太太而討厭他，因爲席先生對你們的朋友做了不該做的事。」

我說：「可是父親又說席太太也不再是我們家的朋友了。」

雪倫說：「我很抱歉，克里斯多弗，我但願能替你解答所有的問題，可惜我不能。」

這時放學的鐘聲響了。

第二天我在上學途中一連看到四部黃車，使這一天變成凶日，所以我不吃午餐，而且我一整天都躲在房間角落讀我的A級數學課本。

第三天也一樣，我在上學途中一連看到四部黃車，所以那天也是凶日，我沒有和任何人說話，整個下午我都坐在圖書館的角落裏，把頭頂著牆角呻吟，這樣會讓我感覺平靜與安全。第四天的上學途中我一直緊閉雙眼，直到下車爲止，因爲我一連遇到兩個凶日，所以這樣做是許可的。

97

但這不是這本書的終結，因爲五天後我一連看到五部紅車，那天算是上吉日，我知道會有不尋常的事要發生。學校內沒有發生不尋常的事，所以我知道放學後一定會有。當我回家後，我走到我們那條街底的商店，用我口袋的錢買了一些長條水果糖和一條牛奶糖。

我買好長條水果糖和牛奶糖後轉身看見亞太太，就是那位住在三十九號的老太太，她也在商店裡，但她沒有穿牛仔褲了，她像一般的老太太一樣穿洋裝，她身上有炒菜的味道。

她說：「你那天怎麼啦？」

我說：「哪天？」

她說：「我出來時你已經走了，我只好一個人把餅乾吃了。」

我說：「我走了。」

她說：「我想也是。」

我說：「我以爲妳去打電話叫警察。」

她說：「我爲什麼要叫警察？」

我說：「因爲我在探聽別人的事，父親說我不應該調查誰殺了威靈頓，警察也警告我，假如我再惹麻煩，這個警告會更加重我的罪。」

這時櫃臺後面那位印度婦女對亞太太說：「妳要什麼嗎？」亞太太說她要一品脫牛奶和一盒雅法蛋糕，我於是離開商店。

我走出商店，看見亞太太的臘腸狗坐在人行道上，牠身上穿著蘇格蘭格子布外套，亞太太把綁在牠身上的皮帶拴在門邊的排水管上。我一向喜歡狗，所以我彎腰和她的狗說哈囉。牠舔我的手，牠的舌頭粗粗的、濕濕的，牠喜歡我褲子的味道，一直聞我。

不久亞太太出來了，說：「牠叫艾佛。」

我沒作聲。

亞太太說：「你很害羞，是吧，克里斯多弗？」

我說：「我不可以和妳說話。」

她說：「別擔心，我不會告訴警察，我也不會告訴你父親，因爲聊天不是什麼壞事，聊天是友善的行爲，不是嗎？」

我說：「我不能聊天。」

她說：「妳喜歡電腦嗎？」

我說：「是的，我喜歡電腦，我的房間有一台電腦。」

她說：「我知道，我有時從窗外看過去，可以看見你坐在房間內打電腦。」

說著，她從排水管上鬆開艾佛的皮帶。

我不想說話，因爲我不想惹麻煩。

然後我想到今天是上吉日，到目前爲止還沒發生任何特殊的事，說不定和亞太太談話就是一件特殊的事。我想到或許不用等我開口，她便會告訴我一些有關威靈頓或席先生的事，這樣就不算違背我的諾言了。

因此我說：「我喜歡數學，也喜歡照顧托比，我喜歡外太空，還喜歡獨自一個人。」

她說：「我想你的數學一定很棒，是吧？」

我說：「是啊，我下個月要參加A級數學檢定考試，我會拿到A等成績。」

亞太太說：「眞的？A級數學檢定考試？」

我回答：「是的，我不會說謊。」

她說：「對不起，我沒那個意思，我只是怕我沒聽清楚，我有時會有一點重聽。」

我說：「我記得，妳有告訴過我。」然後我又接著說：「我是我們學校第一個參加A級數學檢定考試的，因爲那是一所特殊教育學校。」

她說：「你很棒，我希望你能拿到A。」

我說：「我會的。」

她又說：「我另外還知道一件事，就是你最喜歡的顏色不是黃色。」

我說：「不是，而且也不是棕色，我最喜歡的顏色是紅色和金屬的顏色。」

這時艾佛拉了一坨大便，亞太太手上套著塑膠袋將狗大便撿起來後，又將塑膠袋翻轉過來打了個結，這樣狗大便就被封在裡面了，她的手也不會碰到大便。

後來我做了一些推論，我推論父親只是讓我針對五件事做承諾，這五件事是：

一、不可以在家提到席先生的名字。

二、不可以追問席太太誰殺了那條狗。

三、不可以追問任何人誰殺了那條狗。

四、不可以踏入別人家的花園。

五、停止這個無聊的偵探遊戲。

但是打聽有關席先生的事並不在這幾個承諾之內，何況當偵探本來就必須冒險，今天又是個上吉日，這表示今天是個冒險的好日子，因此我說：「妳認識席先生嗎？」聽起來像是聊天的話。

亞太太說：「不算認識。不，我的意思是，我認識他的程度只限於打招呼和在路上說兩句話，但我對他的瞭解不多，我想他是在銀行上班，城裡的國民惠斯敏銀行。」

我說：「父親說他是壞人，妳知道他爲什麼會這樣說他嗎？席先生是壞人嗎？」

亞太太說：「你爲什麼要打聽席先生的事，克里斯多弗？」

我沒作聲，因爲我不能調查威靈頓遇害的事，但那又是我打聽席先生的主要原因。

這時亞太太說了：「和威靈頓有關嗎？」

我點頭，這樣就不算在調查了。

亞太太沒說話，她走到公園大門邊一根柱子上的一個紅色小箱子，將艾佛的大便丟進箱子裡。一個棕色的東西裝在一個紅色的東西裡面，這使我的腦子生起怪怪的感覺，所以我不敢看。然後她走向我。

她用力吸一口氣，說：「或許最好不要談論這些事，克里斯多弗。」

我問：「爲什麼？」

她說：「因爲，」她頓了一下，決定換另外一句話：「因爲也許你的父親是對的，你不應該到處去打聽這件事。」

我問：「爲什麼？」

她說：「因爲他顯然會難過。」

我說：「爲什麼他會難過？」

她又深深吸一口氣，說：「因爲……因爲我想你知道，爲什麼你父親很不喜歡席先生。」

我問她：「因爲席先生殺死我母親嗎？」

亞太太說：「殺死她？」

我說：「是，他殺了母親嗎？」

亞太太說：「不不，他當然沒有殺你母親。」

我說：「但是他有給她壓力，所以她才會死於心臟病嗎？」

亞太太說：「我眞的不知道你在說什麼，克里斯多弗。」

我說：「還是他傷害她，結果害她住進醫院？」

亞太太說：「她住進醫院嗎？」

我說：「是的，起初沒有很嚴重，但她後來在醫院得了心臟病。」

亞太太說：「喔，我的天。」

我說：「然後她就死了。」

亞太太又說了一遍：「喔，我的天。」接著又說：「喔，克里斯多弗，我實在非常非常抱歉，我都不知道這件事。」

然後我問她：「爲什麼妳說『我想你知道爲什麼你父親很不喜歡席先生』？」

亞太太一手掩住她的嘴，說：「唉，呀呀呀。」但她沒有回答我的問題。

於是我再問一遍，因爲在跟謀殺案有關的神秘偵探小說中，如果有人不想回答問題，那多半是因爲他們企圖保守秘密，或企圖保護某個人不使他捲入麻煩，這意味這些問題的答案正是全案中最關鍵所在，所以作偵探的必須對這個人施加壓力。

但亞太太仍然不回答，相反的，她反問我問題。她說：「這麼說你不知道？」

我說：「知道什麼？」

她回答：「克里斯多弗，我也許不該告訴你這些。」又說：「或許我們應該一起到公園散步，這裡不是談這種事的地方。」

我聽了緊張起來，我並不瞭解亞太太，我只知道她是個老太太和她喜歡狗，但她畢竟是個陌生人，而且我也從來沒有自己單獨進入公園，因爲公園是個危險的地方，常有人躲在公園一隅的公廁後面注射毒品。我想回家了，我想回到我的房間餵托比吃飯和做數學習題。

但另一方面我也很興奮，因爲我認爲她會告訴我一些秘密，也許是有關誰殺了威靈頓的秘密，或者有關席先生的秘密。假如她眞的告訴我秘密，或許我就能蒐集到更多對他不利的證據，不然就是將他排除在我的調查名單之外。

因此，基於這天是上吉日的緣故，我決定排除我內心的恐懼，和亞太太一起到公園散步。

當我們進入公園後，亞太太停下腳步說：「我現在要對你說的這些話，你必須保證不告訴你父親是我說的。」

我問：「爲什麼？」

她說：「我本來是不應該說的，可是如果我不說清楚，你一定會不斷的猜測，甚至跑去問你父親。我就是不希望你去問他，因爲我不希望你惹他傷心，所以我要講明爲什麼我要說這些話。但在我說明之前，你必須先答應我，不告訴任何人這些話是我告訴你的。」

我問：「爲什麼？」

她說：「克里斯多弗，拜託，相信我。」

我說：「我答應。」因爲如果亞太太告訴我誰殺了威靈頓，或告訴我席先生確實殺了母親，我還是可以向警察報案，因爲如果有人犯罪而你知道眞相，你是可以打破承諾的。

亞太太說：「你母親在去世之前，和席先生是好朋友。」

我說：「我知道。」

她說：「不，克里斯多弗，我不認爲你知道，我的意思是，他們是非常要好的朋友，非常非常要好的朋友。」

我想了一下，說：「你是說他們有做性的那件事？」

亞太太說：「是的，克里斯多弗，我就是這個意思。」

然後她沈默了大約三十秒。

她又接著說：「克里斯多弗，我眞的不是有意要說令你難過的話，但我想解釋爲什麼我要說這些話，因爲我以爲你知道。這就是爲什麼你父親認爲席先生是壞人的原因，也是爲什麼他不希望你對人提起席先生的原因，因爲這會勾起他不愉快的回憶。」

我說：「這就是席先生離開席太太的原因嗎，因爲他和席太太結婚，卻又和別人做性的那件事嗎？」

亞太太說：「是的，我想是。」

然後她又說：「我很抱歉，克里斯多弗，眞的很抱歉。」

我說：「我想我該走了。」

她說：「你沒事吧，克里斯多弗？」

我說：「我怕和妳一起在公園裡，因爲妳是陌生人。」

她說：「我不是陌生人，克里斯多弗，我是朋友。」

我說：「我要回家了。」

她說：「假如你想談這件事，隨時可以來找我，你只要過來我家敲門。」

我說：「好的。」

她說：「克里斯多弗？」

我說：「什麼事？」

她說：「你不會告訴你父親我們的談話吧？」

我說：「不會，我答應妳了。」

她說：「你回去吧，要隨時記住我的話。」

於是我回家了。

101

賈先生說我喜歡數學是因爲它帶給我安全感。他說我喜歡數學是因爲它意味著解決問題。這些問題是困難而有趣的，最後總有一個明確的答案。但他認爲數學不像現實生活，因爲現實生活中最後沒有明確的答案，我知道他是這個意思，因爲他是這樣說的。

但這是由於賈先生不瞭解數字的緣故。

有一則著名的故事叫「三門問題」（The Monty Hall Problem），我把它收錄在這本書內，因爲它可以詮釋我的看法。

美國有一份《大觀雜誌》（*Parade*）曾經開了一個專欄叫「瑪麗蓮答客問」（Ask Marilyn），由瑪麗蓮・沙文特（Marilyn vos Savant）執筆，雜誌上說她是「金氏世界紀錄名人堂」中智商最高的人，她在專欄中回答讀者投書的數學問題。一九九〇年九月，馬里蘭州哥倫比亞地區的讀者克雷格・惠特克（Craig F. Whitaker）投書問了這麼一個問題（不過我不是直接引述，我把它簡化了，便於大家瞭解）：

你參加一項電視遊戲節目，這個節目提供的獎品是一部汽車。節目主持人先給你看三扇門，說其中一扇門裡面是一部汽車，另外兩扇門裡面是山羊。他要你挑選一扇門。你選了，但是門沒打開。主持人打開你未挑選的兩扇門中的一扇，裡面是一頭山羊（因爲他知道門後面是什麼），然後他說在那扇門打開之前你還有最後一次機會可以改變主意，你可以得到一部汽車，否則就是一頭山羊。這時他問你要不要改變主意換另外一扇沒有打開的門。請問你該怎麼辦？

瑪麗蓮回答說，你應該改變主意，換選最後一扇門，因爲選中汽車的機率是三分之二。但是你如果憑直覺，你會以爲機率是一半一半，因爲你會認爲門後有汽車的機率是百分之五十。

儘管瑪麗蓮非常審慎的加以解說，許多人還是投書到雜誌社說她錯了。她接到的投書中有百分之九十二說她是錯的，其中不乏許多數學家和科學家。他們是這樣說的：

本人對一般大衆缺乏數學理解力深表關切，請坦承妳的錯誤以正視聽。

這個國家的數學文盲夠多了，我們不需要世界智商最高的人來廣為宣傳。丟臉死了！

喬治梅森大學　羅伯・沙克斯博士

佛羅里達大學　史考特・史密斯博士

至少有三位數學家出面糾正了，妳居然還不能正視妳的錯誤，眞令人震驚。

狄金森州立大學　肯特・福特

相信妳一定會接到許多高中生和大學生的投書，奉勸妳保留幾個地址，或許將來還能在妳的專欄中派上用場。

喬治亞州立大學　W・羅伯・史密斯博士

妳大錯特錯……要多少憤怒的數學家才能使妳改變心意？

喬治城大學　E・雷・玻伯博士

如果連這些博士都錯了，那麼這個國家的麻煩就大了。

美國陸軍研究中心 艾佛瑞・哈曼博士

然而瑪麗蓮・沙文特是對的，這裡有兩個方法證明。

首先，你可以用數學的方法這樣做：

以X，Y，Z來代表這三扇門

以C_x代表汽車就在X門裡面（以下類推）

以H_x代表主持人打開X門後的結果（以下類推）

假設你選擇X門，那麼你改變主意後得到汽車的可能性（以P來代表）可以由下列公式推算：

$$P(H_z \wedge C_y) + P(H_y \wedge C_z)$$
$$= P(C_y) \cdot P(H_z|C_y) + P(C_z) \cdot P(H_y|C_z)$$
$$= (⅓ \cdot 1) + (⅓ \cdot 1) = ⅔$$

另一個方法是畫出所有可能性的圖示：

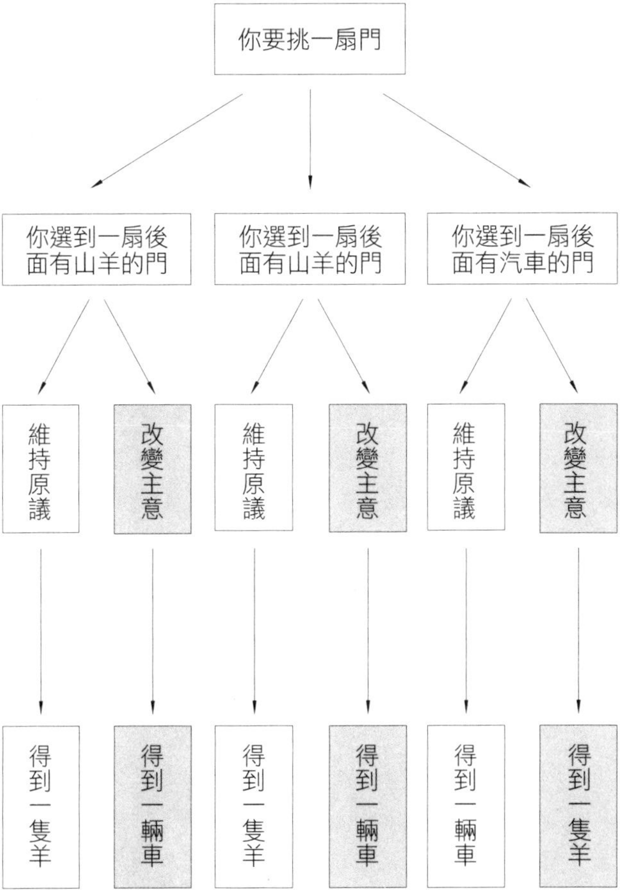
你要挑一扇門
你選到一扇後面有山羊的門
你選到一扇後面有山羊的門
你選到一扇後面有汽車的門
維持原議
改變主意
維持原議
改變主意
維持原議
改變主意
得到一隻羊
得到一輛車
得到一隻羊
得到一輛車
得到一輛車
得到一隻羊

因此，假如你改變主意，你有三分之二的機會可以得到汽車。假如你維持原議，你得到汽車的機會只有三分之一。

這說明人的直覺有時是錯誤的。人們在生活中通常會靠直覺來做決定，但是邏輯卻能幫助你得到正確的解答。

它同時顯示賈先生是錯的，數字有時也很複雜，而且一點也不明確。這是爲什麼我喜歡「三門問題」的原因。

103

我回到家時，羅利正在家裡。羅利就是幫父親做事的那個人，他協助父親做暖氣的保養和鍋爐的維修工作。他有時也會在晚上來家裡和父親一起喝啤酒和看電視、聊天。

羅利穿著白色的粗棉布工作服，上面沾滿污跡，他的左手中指戴著一枚金戒指，身上有一股說不出的味道，父親下班回家時也常有那個味道。

我把長條水果糖和牛奶糖放進抽屜的食品盒內，那是我的個人專用食品盒，連父親也不能隨便亂動。

父親說：「你都幹啥去了，年輕人？」

我說：「我去商店買水果糖和牛奶糖。」

他說：「你去了很久。」

我說：「我在商店外面和亞太太的狗說話，我摸牠，牠聞我的褲子。」又一句善意的謊言。

羅利說：「老天，你眞是屬於第三類的，可不是嗎？」

我不懂第三類是什麼意思。

他說：「近來好嗎，隊長？」

我說：「我很好，謝謝。」這是禮貌性的回答。

他說：「二百五十一乘以八百六十四是多少？」

我想了一下，說：「二十一萬六千八百六十四。」這是個簡單的問題，你只要把八百六十四乘以一千，就可以得到八十六萬四千，然後你再除以四，便是二十一萬六千，也就是二百五十乘以八百六十四的結果，然後你再加上八百六十四，就等於二百五十一乘以八百六十四了，結果就是二十一萬六千八百六十四。

我說：「答案對不對？」

羅利說：「我哪知道。」說著笑了起來。

我不喜歡羅利笑我，羅利常常笑我，父親說那是友善的笑。

父親接著說：「我幫你放一個燴什錦蔬菜在烤箱裡好嗎？」

我喜歡印度菜，因爲它有強烈的味道，不過燴什錦蔬菜是黃色的，所以我在吃以前要先摻一點紅色食用色素。我的個人專用食品盒內就有一個小塑膠瓶裝這種紅色食用色素。

我說：「好。」

羅利說：「那，看來帕基把它們補好了？」這句話是對父親說的，不是我。

父親說：「那些電路板看起來就像是從諾亞方舟拿出來的。」

羅利說：「你要告訴他們嗎？」

父親說：「有什麼用？他們又不會告他，你說呢？」

羅利說：「早晚有那麼一天。」

父親說：「我想最好息事寧人。」

然後我走進花園。

雪倫說，當你在寫一本書時，你必須對事情詳加描述。我說我可以拍照放在書裡。但她說寫書的目的就是要用文字來描述事情，這樣人們才能在讀完以後在他們的腦子裡留下印象。

她說，最好是形容一些有趣或與衆不同的事件。

她還說，我應該對故事中的人物詳細描述一些細節，這樣人們才能在他們的腦子裡刻畫出他們的形象，這是爲什麼我寫賈先生的鞋子上有許多小洞，警察的鼻孔好像躲著兩隻小老鼠，以及羅利身上有股說不出的味道的原因。

所以我決定也描述一下花園。不過花園並不很有趣，也沒什麼不同，它只是個普通的花園，有草、有一座棚子、有一條曬衣繩。不過，天空倒是有趣而變化萬千，因爲平常時候天空都很普通，不是藍的就是灰的，要不就是毫無形狀的雲層，看上去也不像有幾百哩的高度，倒像有人把它畫在一塊大大的屋頂上似的。但是今天的天空很不一樣，在不同的高度上有不同形狀的雲，你可以看出它有多麼巨大，這使天空益發顯得廣袤無邊。

更遠的天邊還有許多小小的白雲，一層一層的好像魚鱗或圖案十分規則的沙丘。

再往西邊看過去，還有一些大片的淺橘色雲層，因爲這時候已經接近黃昏，太陽漸漸下山了。

最靠近地面的地方是一大片灰色的雲，它是片會下雨的雲，兩頭尖尖的，形狀像這樣。

我看了很久，發現它在緩慢的移動，彷彿一艘數百公尺長的外星人太空船，像《沙丘魔堡》或《第三類接觸》裡的外星人太空船一樣。只不過那些太空船是固體的，而這片雲卻是由濃縮的水蒸氣所形成的小水滴集合而成。

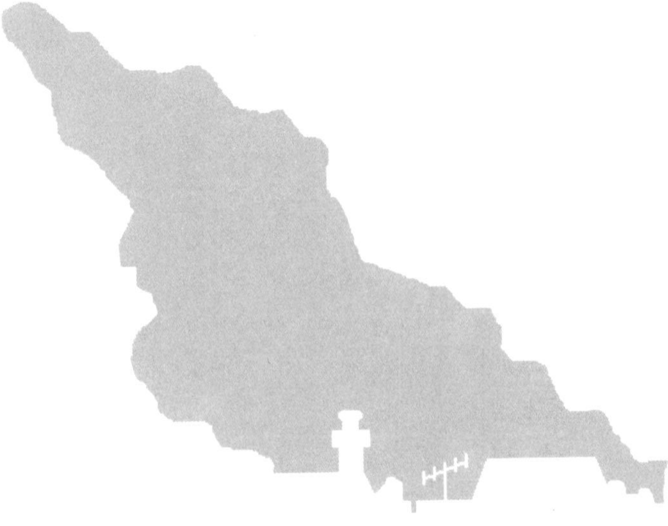

但它不無可能是一艘外星人太空船。

一般人都以爲外星人太空船是固體的，由金屬製成，船身上燈火輝煌，緩緩地掠過天際。那是因爲我們如果能夠造一艘那麼巨大的太空船，我們一定會照這個形象建造。但是外星人，假如眞有外星人的話，他們很可能和我們截然不同。他們的外表或許像一隻大蛞蝓，或者像倒影一樣扁扁的。他們也有可能比星球更大，或者根本沒有任何形體。他們有可能只是個資訊，像電腦一樣，他們的太空船當然也有可能像雲一樣，或者由灰塵或樹葉這種毫不相干的東西製成。

我傾聽花園內的聲音，我可以聽見鳥在唱歌，我還聽見車輛的聲音很像拍岸的浪花，還有人在彈奏音樂和小孩的叫聲。除了這些聲音外，假如我靜靜的站著仔細聆聽，我還可以聽到我的耳朵內有細小的嚶嚶聲，和空氣從我的鼻孔進出的聲音。

我嗅一嗅空氣，試著分辨花園內空氣的味道，但聞不出任何味道來。它沒有味道，這也是有趣的事。

然後我進屋子去餵托比吃飯。

107

《巴斯克維的獵犬》是我最喜歡的一本書。

在這本書中，神探福爾摩斯與華生醫生認識了來訪的得文郡鄉紳莫地摩醫生。莫地摩醫生的好友查理・巴斯克維爵士因爲心臟病去世，莫地摩醫生懷疑他可能是被嚇死的。他還帶來一卷古老的卷軸，上面敍述著「巴斯克維的詛咒」。

卷軸內說，查理・巴斯克維爵士有個祖先叫雨果・巴斯克維爵士，是個狂野不羈的無神論者，他曾經企圖染指佃農之女，但是被她逃脫了，於是他一路追趕，他有一票和他一樣邪惡淫蕩的朋友則緊隨在後。

當他們趕上他時，發現佃農之女已經氣絕身亡，他們同時看到一頭巨大的黑色野獸，形狀酷似獵犬，可是比他們見過的任何獵犬體型更大，正在撕扯雨果・巴斯克維爵士的喉嚨。當天晚上其中一個朋友就嚇死了，另外兩個終其一生都在瘋狂狀態。

莫地摩懷疑查理・巴斯克維爵士有可能也是被這隻「巴斯克維的獵犬」給嚇死，他擔心他好友的獨子也是唯一繼承人亨利・巴斯克維爵士一旦住進得文郡的巴斯克維莊園後也會遭到不測。

因此福爾摩斯請華生醫生陪同亨利・巴斯克維和莫地摩醫生一起前往得文郡的巴斯克維莊園，華生醫生還有一個任務，就是設法找出誰殺了查理・巴斯克維爵士。福爾摩斯說他會留在倫敦，事實上，他私底下也去了得文郡，秘密展開調查。

福爾摩斯查出查理・巴斯克維爵士是被他的鄰居史戴普頓謀殺的。史戴普頓平日喜歡蒐集蝴蝶標本，他同時也是巴斯克維家族的遠親，但他家境貧窮，所以他又陰謀殺害亨利・巴斯克維，企圖藉此繼承他們家的莊園。

爲了達成目的，史戴普頓從倫敦買了一條體型巨大的獵犬，將牠全身塗滿磷使牠在黑暗中發光，就是這條獵犬把查理・巴斯克維爵士嚇死的。福爾摩斯與華生醫生和蘇格蘭警場的萊斯特雷探員聯手將獵犬逮捕，福爾摩斯與華生醫生還把狗射殺了，牠是這個故事中被犧牲的兩條狗之一。其實這是不對的，因爲這一切錯不在狗。至於主嫌史戴普頓則逃入偏僻的格林潘沼澤，最後被泥沼淹沒而死。

這個故事有幾個地方我不滿意，其中之一是那個古老的卷軸，因爲它是用古文書寫的，很不容易看懂，譬如：

是則了知，逝者如斯，未來可追，庸人自擾，吾人期期不可，務以爲殷鑑。

有時原作者亞瑟・柯南道爾爵士會這樣形容書中的角色：

那張臉隱約透露出錯誤的訊息，有點粗糙的表情，有點冷酷無情的眼神，嘴唇卻有點鬆弛，破壞了它的完美。

我不懂怎樣才是「有點冷酷無情的眼神」，我對表情也沒興趣。但有時不懂字面的意義也很有趣，因爲可以查字典。

我喜歡《巴斯克維的獵犬》是因爲它是個偵探故事，換句話說，故事中有破案的線索，也有一些誘使你轉移注意力的蛛絲馬跡。

它的破案線索如下：

一、亨利・巴斯克維爵士住在倫敦的旅館時，他的一雙靴子不見了——這說明了有人把它偷去給「巴斯克維的獵犬」聞，好教獵犬循著氣味去追逐他。換句話說，「巴斯克維的獵犬」不是超自然的幽靈，而是一條如假包換的狗。

二、史戴普頓是唯一知道如何穿過格林潘沼澤的人，他叫華生醫生不要進入沼澤地區，以策安全——這說明了他把某個東西藏在格林潘沼澤內，不希望別人看到。

三、史戴普頓太太勸華生醫生「立即返回倫敦」——這是因爲她誤以爲華生醫生是亨利．巴斯克維爵士，她知道她的丈夫陰謀殺害他。

會誘使人轉移注意力的蛛絲馬跡有：

一、福爾摩斯與華生在倫敦時，被一個披著斗蓬、蓄著黑鬍子的人跟蹤——這令人誤以爲那個人是巴斯克維莊園的管家巴瑞摩，因爲他是唯一蓄著黑鬍子的人，其實跟蹤福爾摩斯與華生的人，正是戴假鬍子的史戴普頓。

二、諾丁山的殺人犯賽爾登——這是一個從附近的監獄逃出的囚犯，警方在鄰近的荒野地區追緝他，這個蛛絲馬跡令人誤以爲他和這個故事有關，因爲他是個逃犯，事實上他和這個案子一點關係也沒有。

三、站在突岩上的人——這是華生醫生於黑夜中在荒原看到的人影，但是認不出那個人是誰，讀者看了會誤以爲是兇手，其實那個人是秘密前往得文郡私下展開調查的福爾摩斯。

我喜歡《巴斯克維的獵犬》的另一個原因是我喜歡福爾摩斯，我覺得如果我能成爲一個偵探，他就是我所仰望的目標。他非常聰明，解開了許多疑雲，他還說：

這個世界到處是顯而易見的東西，但不仔細觀察的人是看不見的。

但他看見了，我也看見了。書中還說：

福爾摩斯具有非凡的專注力。

這一點也和我一樣，因爲假如我非常專注在某件事上，比如做數學練習題，或閱讀有關阿波羅太空任務或大白鯊的書籍時，我都不會注意到其他事，連父親叫我吃飯我都聽不見。這也是我很會下棋的原因，因爲我能專注在棋盤上，和我對奕的人不久便分心了，要嘛抓抓鼻子，要嘛望著窗外，然後他們便下錯棋，這時我就贏了。

華生醫生也這樣評論福爾摩斯：

……他的心……忙著把這些不尋常但顯然毫無關連的小地方，組合成適當的計畫。

我寫這本書的目的也是打算這樣做。

同時福爾摩斯不相信超自然力，凡是上帝、神話故事、地獄、鬼魅，以及詛咒等怪力亂神之事，他一概不信。

最後，我要以兩件有關福爾摩斯的有趣事實來結束這一章。

一、在早期的福爾摩斯探案中，作者從來沒有把福爾摩斯裝扮成戴獵鹿人帽的神探，但影片和漫畫中常常把他打扮成那樣。獵鹿人帽是原著的插畫家悉尼．沛吉自作主張畫上去的。

二、在早期的福爾摩斯探案中，福爾摩斯從來沒有說過：「基本上，親愛的華生。」只有電影和電視上的福爾摩斯才有這句口頭禪。

109

那天晚上我又爲我的書增添一些內容，第二天上午我把它帶到學校給雪倫讀，請她告訴我拼字和文法有沒有錯誤。

雪倫在上午的下課時間讀我的書，她和其他老師一起坐在操場旁，邊喝咖啡邊讀。下課時間結束後，她走到我身邊坐下來，對我說她已經讀過我和亞太太對話那一段了，她說：「你有把這件事告訴你父親嗎？」

我回答說：「沒有。」

她說：「你會告訴他嗎？」

我回答：「不會。」

她說：「好，我想這是個好主意，克里斯多弗。」她又接著說：「你發現這個事實後會難過嗎？」

我問：「發現什麼事實？」

她說：「你發現你母親和席先生有私情後，會感到難過嗎？」

我說：「不會。」

她說：「你說的是實話嗎，克里斯多弗？」

我說：「我永遠說實話。」

她說：「我知道，克里斯多弗，但我們有時也會爲某些事傷心，可是我們又不喜歡別人知道我們爲這些事傷心，我們喜歡把它當作一個秘密。還有，我們有時會傷心，但我們又不自覺我們在傷心，於是我們說我們不傷心，其實我們還是傷心的。」

我說：「我不傷心。」

她說：「假如你開始爲這件事感到傷心了，我希望你知道，你可以來找我談，因爲我認爲和我談談可以有助於你減輕傷心。還有，如果你不覺得傷心，但你想和我談這件事，那也沒問題。你明白嗎？」

我說：「我明白。」

她說：「很好。」

我說：「可是我不傷心，因爲母親已經死了，而且席先生也不住在附近，所以我不會爲不眞實或不存在的事傷心，那是愚蠢的。」

後來我就去做數學練習題了。午餐時我沒有吃乾酪蛋糕，因爲那是黃色的，但我吃了胡蘿蔔和青豆和許多蕃茄醬，然後我又吃了一些切成小塊的黑莓和蘋果麵包，但我沒吃麵包屑，因爲它也是黃色的，在分發食物以前我還請戴太太先把麵包屑拿掉，不同的食物在進入我的盤子以前互相碰觸，這點我是可以接受的。

吃罷午飯，下午的時間我都和皮太太一起做勞作，我畫了幾張外星人的圖案，像這樣：

113

我的記憶就像一部電影，所以我能清楚地記住一些事，譬如我在這本書所記錄的對話，還有人們所穿的服裝，以及他們身上的味道，因爲我的記憶是有味覺、有聲音的。

當有人叫我回憶某件事的時候，我只要像在使用錄放影機那樣，按下「倒帶」、「快轉」和「停止」就可以了，不過它比較像DVD，因爲我不需要每次都倒帶才能回憶起很久以前的事。而且也沒有按鈕，因爲它都儲存在我的腦子裡。

如果有人問我：「克里斯多弗，告訴我你母親的長相。」我就可以倒帶到許多不同的場景，說出她在這些場景中的模樣。

舉個例來說，我可以倒帶到一九九二年七月四日，我九歲那一年，那一天是星期六，我們在康瓦爾度假，那天下午我們在一個叫波裴洛的地方的海灘上，母親穿著一條斜紋粗棉布做的藍色短褲，和一件淺藍色的比基尼上身，她在抽一種叫Consulate的香菸，薄荷味的。她沒有游泳，她躺在一條紅、紫相間的浴巾上做日光浴，一面在閱讀喬傑特・黑爾所著的《假面舞會》。做完日光浴後她才下水游泳，還說：「天啊，水好冰。」又叫我也要下水游泳，但我不喜歡游泳，因爲我不喜歡脫掉衣服。她說我只要捲起褲管在水裡走一走就行了，所以我就這樣做了。我站在水中，母親說：「你看，這不是很舒服嗎？」說完，她便往後一倒，消失在水中。我以爲她被鯊魚吃掉了，便大聲尖叫起來，她又從水中站起來，走到我站立的地方，舉起右手，五指張開成扇狀，說：「來，克里斯多弗，碰碰我的手，來啊，不要叫了，碰碰我的手。聽我說，克里斯多弗，來碰碰我的手。」過了一會我停止尖叫，舉起我的左手，五指張開成扇狀，我們的手指和拇指互相接觸。母親說：「沒事，克里斯多弗，沒事，康瓦爾這個地方沒有鯊魚。」我這才放心。

不過四歲以前的事我都不記得了，因爲在那以前我記事情的方法有誤，所以沒有精確地記錄下來。

對於不認識的人，我也是用這種方法來記憶。我會看他們穿的衣服，或者他們有沒有拿枴杖，有沒有留奇怪的髮型，有沒有戴某一種眼鏡，或者有沒有特別的揮手方式，然後我會搜尋我的記憶，看我以前有沒有見過他們。

當我遇到困難而不知道該怎麼辦時，我也是用這種方式來應對。

譬如，假如有人說了不合理的話，好比「再見，鱷魚」，或「你死定了」，我就會搜尋我的記憶，看我以前有沒有聽誰說過這樣的話。

假如有人躺在學校的地板上，我也會搜尋我的記憶，尋找有人因癲癇發作躺在地上的畫面，然後我會比較眼前的畫面，最後才確定他們只是躺在地上玩遊戲，或在睡覺，或是癲癇發作。假如他們是癲癇發作，我就會移開家具，免得他們撞到頭，我也會脫下我的工作服墊在他們的頭下面，然後找老師來處理。

其他人腦子裡也都有他們自己的畫面，但他們的畫面和我的不一樣，因爲我腦子裡的畫面都是眞實發生的事件，但其他人腦子裡的畫面是沒有發生過的不眞實畫面。

譬如，有時母親會說：「如果我沒有嫁給你父親，恐怕我現在會和一個叫傑昂的人住在法國南部一間小農舍裡。這個人呢，嗯，可能是一個在地的雜工，就是那種幫人刷油漆、做裝潢、整理花園、修補圍籬的工人。我們會有個陽台，上面種無花果，小花園外會有一大片向日葵園，遠處的小山丘上有個小鎭，傍晚時我們會坐在屋外，喝紅酒、抽高盧菸，看夕陽。」

雪倫有一次說，每當她感到沮喪或傷心時，她會閉上眼睛，想像她和她的朋友埃里一起住在鱈魚角的一間房子裡，他們會一起坐小船從普洛文斯鎭航行到海灣，去觀賞座頭鯨，這樣一想，她就會感到平靜、安祥、快樂。

有時遇到有人死了，好比母親死了，人們會說：「如果你母親此刻在眼前，你想對她說什麼？」或「你母親會怎麼想？」其實這些都是無聊的問題，因爲母親已經死了，你不可能和已經死去的人說話，而且死人也不可能有感想。

祖母腦子裡也有畫面，但她的畫面是混亂矛盾的，就像有人把底片搞亂一樣，她分不清畫面的次序，所以她會以為已經死去的人還活著，她也不知道眼前的畫面是真實的，還是電視上的表演。

127

我放學回家後，父親還沒下班，於是我自己打開前門的鎖進入屋內，然後我脫下外套，走進廚房，把我的東西放在桌上，其中之一就是這本書，今天我把它帶去學校給雪倫看了。我給自己做了一杯覆盆子奶昔後，放進微波爐加熱，然後走到客廳看我的一卷有關海洋深處生活的《藍色行星》錄影帶。

這支錄影帶是在敍述住在海底的硫氣孔附近的海底生物，所謂硫氣孔就是海底的火山，硫氣從地表的縫隙噴進海水中，科學家從沒料到那裡會有有機生物存在，因爲那裡的海水不但炙熱而且有毒，不料卻有完整的生態系統。

我喜歡這支錄影帶是因爲它說明科學永遠日新月異，先前你視爲理所當然的，卻很可能是完全錯誤的。我喜歡它的另一個原因是，它所拍攝的地點雖然離海平面不過數哩，卻比聖母峰更難到達。它同時也是地球表面最安靜、最黑暗、又最神秘的地方。我有時喜歡想像我乘坐一艘圓球型的金屬潛水艇造訪那個秘地，潛水艇的玻璃有三十公分厚，這樣才能防止它們在巨大的壓力之下破裂。我還想像我是潛水艇內唯一的一個人，而且這艘潛水艇沒有和任何船隻連線，它可以用自己的動力操作，我可以隨意控制引擎，讓潛水艇開到海床上任何我想去的地方，誰也找不到我。

父親在下午五點四十八分回家了，我聽到他從前門進門的聲音，然後他走進客廳。他穿著一件檸檬綠和天藍色交織的格子襯衫，他的一隻鞋子鞋帶打了死結，另一隻沒有。他拎著一片舊的傅氏奶粉廣告，金屬的，上面塗著藍色和白色的瓷漆，瓷漆上還有一個個圓形的鏽跡，看上去很像彈孔，但他沒有多作解釋。

他說：「好嗎，伙計？」他常愛開這種玩笑。

我說：「哈囉。」

我繼續看錄影帶，父親走進廚房。

我太專心看《藍色行星》錄影帶，竟忘了我的書還放在廚房桌上。這就是所謂的「放鬆警戒」，如果你是個偵探，千萬不能犯這種錯誤。

父親在下午五點五十四分回到客廳，他說：「這是什麼？」他的口氣很平靜，我沒看出他在生氣，因爲他沒有大聲叫嚷。

我說：「那是我正在寫的一本書。」

他說：「這是眞的嗎？你和亞太太談過話了？」他說這句話時口氣也很平靜，我還是沒發現他在生氣。

我說：「是的。」

然後他說：「他媽的我的天，克里斯多弗，你怎麼那麼蠢？」

雪倫說過，這叫「修辭性疑問」，它後面有一個問號，但是你不需要回答，因爲發問者已經知道答案。如何分辨「修辭性疑問」是件困難的事。

父親又接著說：「我怎麼對你說的，克里斯多弗？」這次比較大聲。

我回答：「不可以在家裡提到席先生的名字，不可以去問席太太或任何人誰殺了那條狗，不可以擅自進入別人家的花園，停止這個可笑的偵探遊戲。可是我都沒有做這幾件事，我只是問亞太太一些席先生的事，因爲……」

但父親打斷我的話說：「別再跟我扯那些廢話了，你這個小壞蛋，你明明知道你在做什麼。我已經看了那本書了，告訴你。」說著，他揮舞著那本書。「我還說了什麼，克里斯多弗？」

我覺得這句話好像又是一句「修辭性疑問」，但我不能確定。我發現我想不出話來回答，因爲我開始害怕、困惑了。

父親又重複一遍剛才的問題：「我還說了什麼，克里斯多弗？」

我說：「我不知道。」

他說：「少來，你的記性好得很。」

但我想不起來。

父親說：「不可以去管別人的閒事。結果瞧你幹了什麼？你去管別人的閒事了，你去挖別人的隱私，還張三李四逢人便說。我該拿你怎麼辦，克里斯多弗？你說我該拿你怎麼辦？」

我說：「我只不過和亞太太聊天，我沒有在作調查。」

他說：「我要你爲我做一件事，克里斯多弗，一件事。」

我說：「我並沒有要和亞太太說話，是亞太太自己……」

但父親打斷我的話，又很用力的抓住我的手臂。

父親從來沒有這樣抓過我，母親有時會打我，因爲她是個脾氣暴躁的人，換句話說，她比其他人更容易生氣，而且她也常常對我大聲吼叫。但父親是個比較冷靜的人，也就是說，他比較不會發脾氣，而且他也不常大聲吼叫，因此當他抓住我時，我非常吃驚。

我不喜歡人家抓著我，我也不喜歡受到驚嚇，所以我打父親，就像那個警察抓住我的手臂，把我舉起來時我也打他一樣。可是父親不肯放手，還大聲吼叫，我又打他，接下來我就什麼也不知道了。

我有短暫的失憶，我知道時間很短，因爲我事後有察看我的手錶。它就像有人把我的開關關掉，然後又幫我打開一樣。當他們再度把我的開關打開時，我正坐在地毯上背貼著牆，我的右手在流血，我的一邊太陽穴劇痛。父親站在我前方一公尺的地毯上望著我，他的右手還抓著我的書，但是書被他摺成兩半，幾個角也翻摺得亂七八糟，他的脖子上有一道抓痕，他綠色和藍色格子襯衫的袖子撕裂了一大塊，他正在大口喘息。

大約過了一分鐘後，他轉身走出客廳進入廚房，然後他打開後門的鎖走出屋外，我聽到他打開垃圾桶蓋把什麼東西丟了進去，再蓋上蓋子。然後他又走進廚房，但他手上的書不見了。不久，他把後門鎖上，將鑰匙放進形狀像胖修女的小瓷罐內，他自己則站在廚房中央，閉起眼睛。

然後他睜開眼睛說：「我需要喝一杯。」

於是他給自己拿了一罐啤酒。

131

我討厭黃色和棕色有幾個原因。

黃色

一、小蛋糕

二、香蕉（香蕉會轉成黃色）

三、雙黃線

四、黃熱病（這是來自南美熱帶地區和西非的一種疾病，它會引發高燒、急性腎臟炎、黃膽、出血等症狀。而且它是由一種叫埃及斑蚊的蚊子叮咬後藉由病毒傳染的。）

五、黃花（因爲我從花粉感染到乾草熱。花粉是乾草熱的三種感染源之一，其他兩種感染源是乾草與霉菌。乾草熱害我很不舒服。）

六、甜玉米（因爲它會隨著便便排出來，它不容易消化，所以不應該吃，就像青草或樹葉一樣。）

棕色

一、泥土

二、肉汁

三、便便

四、木頭（從前的人用木頭來製造器具和車輛，但後來不這樣做了，因爲木頭容易斷裂和腐爛，有時還會長蟲。現代人都用金屬和塑膠製造器械和車輛，不但更好用，也更摩登。）

五、美麗莎・布朗（她是學校的一個女生，她和安尼爾或穆罕默德不一樣，她沒有棕色的皮膚，但她的姓和棕色的拼音相同，都是Brown。她把我畫的一張太空人圖畫撕成兩半，雖然皮太太用膠帶把它粘起來，但我還是把它扔了，因爲看得出來破掉了。）

傅太太說，討厭黃色和棕色是一種無聊的行爲。雪倫說她不應該這樣說，每個人都有他喜歡的顏色。雪倫是對的，不過傅太太也有一點對，因爲它是有點無聊，但是人在生活中總要做許多決定，如果不做決定，你什麼事也辦不成，因爲你會浪費許多時間在選擇要做不做的事情上。因此，能有充分的理由來決定爲什麼你討厭某些事又喜歡某些事是對的，就像走進一家餐廳一樣。父親有時會帶我去伯尼小吃店，你看著菜單，要選擇你想吃的東西，可是有些東西你又不知道你會不會喜歡它，因爲你還沒有嚐過，所以你通常會選擇你最喜歡的食物，而不會選擇你不喜歡的食物，就是這麼簡單。

137

第二天，父親說他很抱歉打了我，又說他不是有意的。他教我用「滴露」清洗我臉上的傷口，免得它發炎，然後他叫我在傷口上貼一塊膠布，防止它流血。

然後，因爲那天是星期六，他說他要帶我去探險，表示他眞的很抱歉，所以我們要去「雙十動物園」。他用白麵包和蕃茄、萵苣、火腿、和草莓果醬替我做了三明治，因爲我不喜歡在我不熟悉的地方買東西吃。他叫我不用擔心，因爲天氣預報會下雨，所以那裡不會有太多人。我聽了很高興，因爲我不喜歡人群，而且我喜歡下雨，所以我就穿上我的橘色雨具。

我們開車去「雙十動物園」。

我以前沒有去過「雙十動物園」，所以在我們抵達目的地之前，我的腦中沒有那裡的畫面，因此我們在詢問處買了一份導覽地圖，然後我們繞著整個動物園觀賞，一面決定我最喜歡的動物。

我最喜歡的動物是：

一、蘭迪曼，這是最老的一隻被人類捕捉的紅臉黑蜘蛛猴的名字，牠已經四十四歲了，和父親一樣老。牠從前是一艘船上的寵物，肚子上還有一圈鐵環，就像海盜故事敘述的一樣。

二、巴塔哥尼亞海獅，牠們的名字分別是奇蹟和星星。

三、馬力庫，牠是一隻猩猩，我特別喜歡牠，因爲牠躺在由一條綠色條紋睡褲做成的吊床上，籠子邊有一塊藍色塑膠板，上面說那張吊床是牠自己做的。

後來我們去咖啡館，父親叫了一客炸魚和薯條，外加蘋果派和冰淇淋和一壺伯爵茶，我吃我的三明治，一邊讀著動物園的導覽圖。

父親說：「我很愛你，克里斯多弗，你一定要記住。我知道我有時會發脾氣，我也知道我會生氣，我知道我會大聲吼叫，我知道我不應該這樣，但我之所以這樣是因爲我擔心你，因爲我不希望你惹麻煩，因爲我不希望你受到傷害，你明白嗎？」

我不知道我是不是明白，所以我說：「我不知道。」

父親說：「克里斯多弗，你明白我愛你吧？」

我說：「明白。」愛一個人就是當他有困難時要幫助他，要照顧他，要對他說實話。父親在我有困難時幫助我，譬如他去警察局，還有他煮飯給我吃就是照顧我，而且他總是對我說實話，這表示他愛我。

然後他舉起他的右手，五指張開成扇狀，我也舉起我的左手，五指張開成扇狀，我們的手指和拇指互相接觸。

我從我的袋子裡取出一張紙，根據我的記憶試著畫出動物園的地圖。

接下來我們參觀長頸鹿。長頸鹿的便便味道很像我們在學校飼養的沙鼠籠子裡面的味道，長頸鹿的腿很長，跑起來很像電影裡會出現的慢動作。

然後父親說我們得在公路開始塞車以前回家。

❿印度野狗，外形像狐狸。

⓫長尾葉猴，就是印度的癯猿。

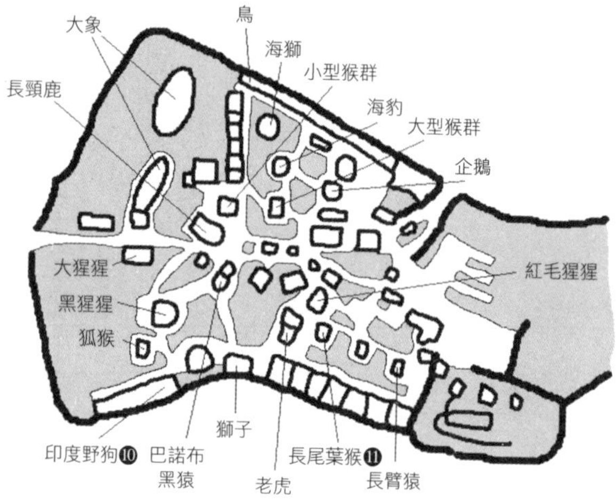

139

我喜歡福爾摩斯，但我不喜歡柯南道爾爵士，他是福爾摩斯探案的作者。我不喜歡他是因爲他不像福爾摩斯，而且他相信超自然力。他到了老年還加入「通靈學會」，這表示他相信人可以和亡者溝通。這是由於他的兒子在第一次世界大戰期間死於流行性感冒，但他還想和他說話的緣故。

一九一七年發生一件著名的「科丁利精靈事件」(The Case of the Cottingley Fairies)。有兩個表姊妹，一個是九歲的法蘭西・葛里菲斯，一個是十六歲的愛爾西・萊特，兩人宣稱她們常在一條名叫科丁利的小溪旁和小精靈玩耍，她們還用法蘭西父親的照相機拍了五張像這樣的小精靈照片。

然而，照片中並不是眞的小精靈，而是畫在紙上的圖案，剪下來後用別針釘好站立，就成了栩栩如生的小精靈，它們是很會畫圖的愛爾西所畫的。

攝影專家哈洛・史內林說：

> 這些翩翩起舞的精靈不是紙做的，也不是任何材料做的；更不是被畫在照相的背景上——我最不解的是，這些小精靈在底片曝光時都會顫動。

他太蠢了，因爲它們是紙做的，所以曝光時才會動，而且曝光時間很長，這可以從照片背景中看見一條小溪，而溪水的影像模糊得知。

柯南道爾爵士聽到精靈照片事件後便說，他相信《岸邊》雜誌（*Strand*）裡面報導的文章是眞的。事實上他也很蠢，因爲假如你仔細看照片，你會發現小精靈看起來就像古書上的小精靈，而且它們有翅膀，還穿了衣服和鞋襪。這道理就像外星人降落在地球上，外型竟變成神祕博士裡的機器人達雷克，或《星際戰

爭》中來自死亡之星的皇家突擊隊員，或外星人漫畫中的綠色小人一樣。

一九八一年，一個名叫喬・庫伯的記者訪問愛爾西・萊特與法蘭西・葛里菲斯後，寫了一篇文章刊登在《異象雜誌》（*The Unexplained*）上。愛爾西・萊特受訪時說，那五張照片都是僞造的。法蘭西・葛里菲斯則說有四張是僞造的，一張是眞的。兩人並一致表示，這些小精靈是愛爾西從一本叫《瑪麗公主的禮物大觀》書上抄來的，那本書的作者叫亞瑟・薛柏森。

由此可見，人們有時的確自甘愚昧，而不願面對現實。

它同時證明，所謂「奧克姆的剃刀原則」（Occam's razor）果然有理。不過這裡指的不是用來刮鬍子的剃刀，而是一個法則。

它的拉丁原文是這樣的：

Entia non sunt multiplicanda praeter necessitatem.

意思是：

若無必要，不應增加實際東西的數目。

換句話說，謀殺案中的被害人通常是被熟人所殺，小精靈通常是用紙板剪出來的，而活人也無法和死人交談。

149

星期一到了學校，雪倫問我爲什麼臉上有瘀痕。我說父親生氣抓我，我打他，然後我們互打。雪倫問我父親有沒有打我，我說我不知道，因爲我太生氣，連記憶都變得怪怪的了。她又問父親是否因爲生氣而打我，我說他沒打我，他抓著我，但是他很生氣。雪倫問他是不是很用力抓我，我說他很用力抓我。雪倫又問我會不會害怕回家，我說不會。她這才說：「好。」我們就沒有再繼續談這件事了，因爲如果生氣時只是抓手臂或肩膀，那是可以容許的，可是不能抓人家的頭髮或臉頰。打人更不可以，除非你已經和人在打架，那就還好。

我回家後，父親還在上班，於是我進了廚房，從修女形狀的小瓷罐取出鑰匙，打開後門走出去，在垃圾桶內尋找我的書。

我想把我的書拿回來，因爲我喜歡寫書。我喜歡有計畫的做事，尤其是像寫書這種艱難的計畫。再說，我還沒有查出是誰殺了威靈頓，這本書保存所有我已經訪查到的線索，我不想就這樣把它們拋棄。

但我的書並不在垃圾桶內。

我把垃圾桶蓋好，走到花園察看父親平常放花園廢棄物——例如割除的草屑和樹上掉下的蘋果等等——的垃圾桶，但我的書也沒有在裡面。

我在心裡納悶，會不會父親把它拿到車上，開車到垃圾場，丟到那邊的大垃圾桶了，但我不希望這種猜測成爲事實，否則我就永遠見不到它了。

還有另外一種可能性，就是父親把我的書藏在家裡的某個地方。因此我決定搜尋一番，看是不是能找到。不過我必須保持警覺，才能聽見他在屋外停車的聲音，這樣才不至於被他逮到。

我從廚房開始找。我的書尺寸大約是二十五公分×三十五公分×一公分，所以不可能被藏在很小的地方，換句話說，我不需要察看很小的空間。我找了碗櫥上下和抽屜後面，還有烤箱底下。我還用我的手電筒和從工具間找來的一面小鏡子，尋找碗櫥後面黑暗的地方，那裡常會有老鼠從花園偷偷進來生一窩小老鼠。

然後我察看工具間。

接下來我察看餐廳。

最後我察看客廳，結果在沙發底下找到遺失的戰車模型車輪。

這時我好像聽到父親從前門進來的聲音，我立刻跳起來站好，結果膝蓋撞到咖啡桌角，好痛，但後來發現是隔壁吸毒的鄰居把東西扔在門上的聲音。

我上樓，但我沒有在我房間尋找，因爲我推斷父親不可能把我的東西藏在我自己的房間內，除非他太聰明了，懂得使用眞正的謀殺案神秘小說中慣見的「詐唬伎倆」，所以我決定在其他地方都遍尋不著時，最後才搜尋我的房間。

我看了浴室，這裡唯一可以尋找的地方是吊櫥，但是裡面沒有。

這表示唯一需要探查的地方是父親的臥室了。我不知道我是不是應該進去找，因爲他以前說過不可以亂翻他房間內的東西，但假如他要藏我的東西，最理想的地方無疑是他的房間。

於是我告訴自己，我不要亂翻他房間內的東西，只要把它們移開，然後再移回去就好了。這樣他就不會知道我翻過他的東西，自然就不會生氣了。

我從床底下開始找。床底下有七雙鞋和一把沾滿頭髮的梳子，還有一小段銅管、一片巧克力餅乾、一本叫《嘉年華》的色情雜誌、一隻死掉的蜜蜂、一條辛普森漫畫圖案的領帶，和一支木湯匙，但是沒有我的書。

接著我察看化妝台兩邊的抽屜，但裡面只有阿司匹靈和指甲剪、電池、牙線、一根棉花棒、幾張衛生紙，以及一顆備用的假牙——萬一父親的假牙掉了，這顆假牙就可以拿來塡補牙縫。他是有一次在花園放置餵鳥的盒子時，不愼從梯子上摔下來，敲斷了那顆牙齒。但是我的書也沒有在裡面。

接下來我察看他的衣櫥。衣櫥裡面掛滿他的衣服，上面還有一個小抽屜，如果我站在床上就可以看到抽屜上面，但我必須先把鞋子脫掉，免得留下骯髒的腳印，否則要是父親也決定進行調查，這個腳印就會成爲洩密的線索。不過抽屜上面只有更多的色情雜誌，和一台故障的烤三明治機器，以及十二支衣架，和一台母親以前使用的吹風機。

衣櫥底下有一個大型塑膠工具箱，裡面裝滿自助式工具，例如電鑽、油漆刷、一些螺絲釘、和一把榔頭，但我不需要打開蓋子就可以看到這些東西，因爲那是個透明的淺灰色工具箱。

然後我發現工具箱底下還有一個盒子，所以我把工具箱從衣櫥裡面拿出來。另一個盒子是一只舊紙盒，是那種買襯衫時用來包裝的襯衫盒。當我打開襯衫盒的盒蓋時，我看見我的書就躺在裡面。

再來我就不知該怎麼辦了。

我很高興，因爲父親沒扔掉我的書，但假如我把書拿走，他就會知道我亂翻他房間的東西，他會很生氣，而且我答應過不亂翻他的房間。

這時我聽到他在屋外停車的聲音，我明白我必須盡快想出一個聰明的辦法，於是我決定不去動那本書，因爲據我的推斷，假如父親把它放在襯衫盒內，那表示他不會把它扔掉，那麼我就可以繼續再寫另外一本書，這一次我要非常保密，倘若將來有一天他改變主意，讓我取回那第一本書，我便可以把新書謄寫進去；萬一他不肯還我，我可以回憶我所寫的大部分內容，再神不知鬼不覺的把它們重新抄錄在第二本書內，如果我想確認我有沒有記得很正確，我便可以等他出門之後再進他房間偷看。

我又聽到父親關車門的聲音。

就在此時，我看見那個信封。

這封信是寄給我的，它就躺在襯衫盒內我的書底下，下面還有其他信封。我把它拿起來，它還沒拆開。信封上這樣寫著：

威特郡史雲登鎮　藍道夫街三十六號　克里斯多弗・勃恩收

這時我注意到還有其他許多封信都是寄給我的，這件事不但蹊蹺，而且令人不解。

我又注意到「克里斯多弗」和「史雲登」這兩個字的寫法很特別

我只認識三個人在寫「克」和「史」這兩個字時，會以小圓圈來代替口。一個是雪倫，一個是以前在學校教書的羅先生，另一個是母親。

父親開門的聲音傳了過來，我從書底下拿了一封信，將襯衫盒蓋好，再把工具箱放在襯衫盒上，這才小心翼翼關上衣櫥。

父親在叫：「克里斯多弗？」

我沒回答，否則他會知道我的聲音來自哪裡。我站起來，繞過床鋪走到門口，盡可能把聲音減到最低。我的手上抓著信封。

父親站在樓梯底下，我以為他看到我了，但他只是頭低低的在翻閱那天早上送來的郵件。他隨即又從樓梯口走向廚房，我悄無聲息地關上他的房門，回到我的房間。

我很想拆閱那封信，但我又不想惹父親生氣，所以我把信封藏在我的床墊底下，這才下樓和父親打招呼。

他說：「你今天都做了些什麼，小伙子？」

我說：「我們今天和戈太太一起上『生活的技能』，學習『使用金錢』和『搭乘公共運輸』。我中午吃蕃茄湯和三個蘋果，下午作了一些數學練習題，我們還跟著皮太太在公園散步，蒐集樹葉準備做拼貼。」

父親說：「好極了，好極了，你晚餐想吃什麼？」

我說我想吃烤豆和青花菜。

父親說：「這簡單。」

我坐在沙發上，閱讀我正在看的一本書，是由詹姆斯・葛烈克所著的《渾沌世界》。

不久，我到廚房吃我的烤豆和青花菜，父親吃他的香腸蛋和煎麵包，外加一杯茶。

然後父親說：「我要把那些架子裝在客廳，如果你不反對的話。聲音可能會有點吵，如果你想看電視，我們必須先把它搬到樓上去。」

我說：「我回我房間好了。」

他說：「乖孩子。」

我說：「謝謝你的晚餐。」這才顯示我有禮貌。

他說：「不客氣，小鬼。」

我上樓回我房間。

進了房間，我便把門關上，從床墊底下取出那封信。我把信封舉高對著燈光，想知道裡面裝著什麼東西，但信封的紙張太厚了。我猶豫了一下，不知該不該拆開，因爲那是從父親房間偷來的。但我推斷既然收件人是我，它就是屬於我的，我當然可以拆開來看。

於是我把信封拆開。

裡面是一封信。

這封信是這樣寫的：

0208 887 8907
倫敦 西北二區 5NG
威爾斯登
查特路四百五十一號C座

親愛的克里斯多弗：

很抱歉耽擱這麼久才又提筆寫這封信給你。這陣子我很忙，我找到了新工作，在一家鋼鐵加工廠擔任秘書。你一定會很喜歡這裡，因爲這家工廠有許多製造鋼鐵和切割鋼鐵、以及把它焊接成各種形狀的大機器。這個禮拜他們在替伯明罕一處購物中心的咖啡館製作屋頂，它的形狀像一朵大花，他們打算在屋頂上覆蓋帆布，使它看上去像一頂超極大帳篷。

同時，我們終於搬到信上所寫的新地址了，它雖然沒有上次那個地方好，而且我也不太喜歡威爾斯登，但羅傑上班比較方便，所以他把它買下來了（上次那個地方是租的），這樣我們便可以買我們自己的家具，並且把牆壁漆成我們喜歡的顏色。

這也是爲什麼我耽擱這麼久才再寫這封信給你的原因，因爲搬家好累，要打包，又要拆開安頓，還要適應新工作。

我好累，我要去睡了，明天早上我會把信投入郵筒，這封信就寫到這裡，我很快會再寫一封信給你。

你一直都沒回信，我知道你一定還在生我的氣，我很抱歉，克里斯多弗，但我還是愛你的，希望你不要永遠生我的氣。如果你能寫一封信給我，我會很高興（但是要記得寄到新的地址！）

無時無刻想念你。

很愛很愛你的　媽媽

×××××

我被搞糊塗了，因爲母親從來沒有在鋼鐵加工廠當過秘書，她只有一次在城區的一家大車廠當過秘書，而且她從來沒有住過倫敦，她一直都和我們住在一起，她也沒有給我寫過信。

信紙上沒有日期，我猜不出母親是在什麼時候寫這封信的，我還懷疑會不會是誰假裝母親寫了這封信。

隨後我檢查信封正面，發現上面有個郵戳，郵戳上印有日期，不是很清楚，但是這樣的：

這表示這封信是在一九九七年十月十六日寄出的，是母親過世十八個月以後的事。

這時我的臥房門被打開了，父親說：「你在做什麼？」

我說：「我在看信。」

他說：「我已經鑽好洞了，那個大衛・艾登保祿的自然生態電視節目開始了，如果你有興趣的話。」

我說：「好。」

說完他又下樓了。

我看著那封信，在腦子裡用力地想。這件事太蹊蹺了，我想不透。它會不會是母親在過世以前寫的信，但是被裝錯了信封？可是她又爲什麼從倫敦寫這封信？她離家最久的一次是她去探望她罹患癌症的表妹露絲那一次，她去了七天，但是露絲住在曼徹斯特。

接著我想到，也許這封信不是母親寫的，它或許是另一個也叫克里斯多弗的母親寫給他的信。

我很興奮，當我開始寫書時，我只有一個疑團有待解決，現在又多了一個。

我決定今晚不再多想，因爲我手上沒有足夠的情報，很容易像蘇格蘭場的亞斯尼・鍾斯先生一樣「斷然誤判」，這是很危險的，因爲你必須掌握充分的線索之後才能做推斷，這樣才不至於犯錯。

我決定等父親出門後，再到他的房間衣櫥察看其他信件，看那些信是誰寫的，信中又都說了些什麼。

我把信折好藏在床墊下，免得父親發現後生氣。然後我下樓看電視。

151

許多事是神秘難解的，但這不表示它們沒有解答，只是因爲科學家還沒找出答案而已。

譬如，有些人相信人死後鬼魂會重返人間。泰利叔叔就說過，他曾經在北安普頓一處購物中心的一家鞋店見到鬼，當時他正要去地下室，看到一個穿灰衣服的人從樓底下一閃而過，可是等他到了樓底下，卻發現地下室空蕩蕩的，而且一個門也沒有。

他將這件事說給樓上收銀台的女店員聽，她們說那個鬼魂叫塔克，生前是個方濟會修士，住在修道院裡，那個購物中心就是數百年前的修道院遺址，所以才會取名爲「灰衣修士購物中心」，大家對它早已熟悉，一點也不害怕。

將來有一天，科學家一定會找出鬼魂形成的原因，就像他們發現電，解開閃電之謎一樣，說不定鬼魂形成的原因和人的大腦或地球的磁場有關，或者另外一種新的能量，那個時候鬼魂就不再是個不解之謎，而是和電力、彩虹、不沾鍋一樣稀鬆平常。

但是，有時候玄妙之事一點也不玄妙，這裡就有個這樣的例子。

我們學校有個小池塘，裡面養著許多青蛙，我們可以利用牠們來學習如何善待與尊重動物，因爲有些學生對動物非常殘忍，他們認爲把蚯蚓砸爛或對著貓扔石頭是件好玩的事。

有幾年池塘內的青蛙很多，有幾年卻很少，如果畫個圖表顯示池塘的青蛙數量，大約是這樣（不過這個圖表是所謂的「假設性圖表」，換句話說它的數字不是正確的數字，它只是個圖示。）

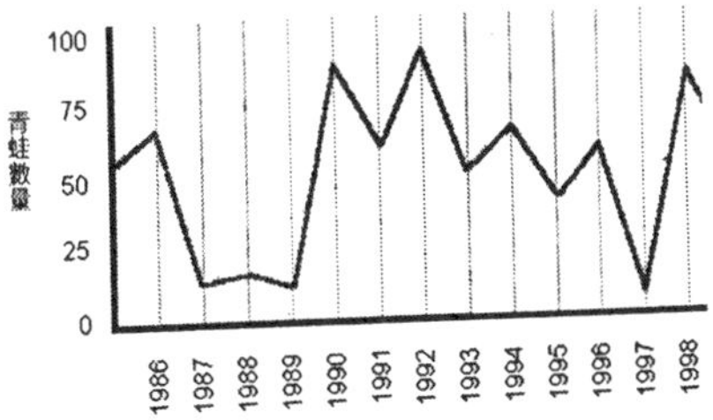

如果仔細觀察，你會發現一九八七年、一九八八年、一九八九年，與一九九七年的冬天都很冷，否則就是飛來一隻蒼鷺把青蛙吃掉了（有時會出現一隻蒼鷺想吃青蛙，不過池塘上覆蓋一片鐵絲網攔阻牠。）

有時則與寒冷的冬天或貓或蒼鷺無關，純粹是數學的因素。

以下是動物數量的公式：

$$N_{新} = \lambda(N_{舊})(1 - N_{舊})$$

在這個公式中，N代表動物數量的密度。當N等於一時，動物的數量最多。當N等於零時，動物的數量也等於零。$N_{新}$是一年中的動物數量，$N_{舊}$是前一年的動物數量。λ 就是所謂的常數。

當 λ 小於一時，動物數量會逐漸減少到零。當 λ 介於一與三之間時，動物數量會逐漸增多，最後保持穩定如圖示（這也是假設性的圖示）：

當λ介於三與三・五七之間時，動物數量就會呈現這樣的循環：

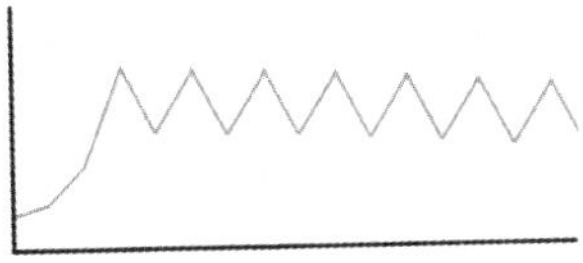

但是當 λ 大於三・五七時，動物數量便會出現第一個圖表所呈現的混亂狀態。

這個公式是由羅伯・梅（Robert May）、喬治・歐斯特（Grorge Oster）與吉姆・約克（Jim Yorke）共同發現的。這顯示有時事情因過於複雜，很難預測下一步會如何，其實它們只是遵循簡單的規則而已。

同時它也說明了，不管是青蛙也好，蚯蚓也好，或人類也好，有時也會毫無理由的消亡，因爲數字就是這麼一回事。

157

一直到六天以後，我才有機會再度進入父親房間察看衣櫥內的襯衫盒。

第一天是星期三，約瑟·佛萊明脫下褲子，在更衣室內的地板上隨地大小便，還想抓便便來吃，但是被戴先生制止了。

約瑟什麼都吃，他有一次把掛在馬桶內的一小塊藍色消毒劑吃下去，還有一次吃掉放在他母親皮夾內的一張五十英鎊鈔票，他還吃過繩子、橡皮圈、衛生紙、作業紙、顏料和塑膠叉子。他還喜歡敲他的下巴，又常常高聲尖叫。

泰隆說便便裡面有一匹馬和一隻豬，我說他胡說，但雪倫說他沒有。原來那是圖書館內的小塑膠動物，是學校職員用來說故事的，約瑟把它們吃下去了。

我說我不進洗手間了，因爲地上有便便。雖然安先生進來清洗乾淨了，但是我一想到就噁心，所以我才會尿在褲子上，並且從葛太太房間內的衣櫃取出多餘的褲子換上。雪倫說我可以使用教職員專用的洗手間，但是只能用兩天，兩天過後就必須回去使用學生廁所。我們達成協議。

第二天、第三天和第四天，也就是星期四、星期五和星期六，乏善可陳。

第五天是星期日，外面下大雨。我喜歡下大雨，感覺上好像白色噪音充斥在天地間，又彷彿一點也不空虛的沈寂。

我上樓坐在我的房間裡，望著落在街道上的傾盆大雨，雨勢很大，看上去像白色的火花（這是明喻，不是隱喻）。附近半個人影也沒有，大家都躲在屋子裡。它讓我想起地球上的水其實都是息息相關的，這些雨水也許就是墨西哥灣或巴芬灣內的海水蒸發而成，現在又落在屋前，然後流進下水道，再流到污水站經過淨化處理後排入河流，最後再度匯入大海。

星期一晚上，父親接到一通緊急電話，一位太太家中的地下室淹水了，他必須立刻趕去修理。

假如只有一通緊急電話，通常是由羅迪去修理，因爲他的太太和子女住在索莫塞特，每天晚上他除了打撞球、喝酒、看電視外無事可做，何況他也需要多賺點加班費給太太照顧兒女。父親平常需要照顧我，但今天晚上來了兩通緊急電話，所以父親叫我乖乖在家，萬一有事就打他的行動電話找他，然後他就開車出去了。

於是我進去他房間，打開衣櫥，拿下工具箱，打開襯衫盒。

我數一數那些信，共有四十三封，都是同一個筆跡寫給我的信。

我取出一封打開來看。

信裡面這樣寫著：

五月三日

查特路四百五十一號C座

倫敦　西北二區　5NG

0208 887 8907

親愛的克里斯多弗：

我們終於買了新冰箱和瓦斯爐了！羅傑和我上週末開車到垃圾場，把舊的扔了，大家都把舊東西送去那裡丟掉。那邊還有三種不同顏色的巨型垃圾箱，分別回收瓶罐、紙類、引擎機油、花園廢棄物、家庭垃圾、以及大型廢棄物等（我們的舊冰箱和瓦斯爐就是丟在那裡）。

然後我們去二手商店，買了新瓦斯爐和新冰箱，現在這個屋子比較像個家了。

昨天晚上我在看一些舊照片，心裡很難過，後來發現一張你在玩兩年前我們買給你的玩具火車組的照片，心情才又好一些，因爲拍那張照片時我們大家都很快樂。

你還記得你那時整天都在玩那一套玩具火車，連晚上都不肯上床睡覺嗎？你還記得我們教你如何看火車時刻表，結果你自己做了一張火車時刻表，又拿了鬧鐘，叫火車準時開動。你還有一座小小的木造火車站，我們還告訴你要搭火車的旅客如何去車站買票上車？後來我們拿出一張地圖，教你辨認哪些路線通往哪些車站。你一直玩了好幾個星期，後來我們又買更多火車零件組給你，你對它們的運作瞭如指掌。

我好喜歡回憶這些往事。

我必須停筆了，現在是下午三點半。我知道你一向喜歡知道確切的時間。我必須出去買一些火腿回來，給羅傑做一點配茶吃的三明治。我會在去商店的路上把這封信寄出去。

愛你

媽媽

××××××

我打開另一封信，裡面是這樣寫的：

洛桑路312號之一

倫敦　北八區　5BV

0208 756 4321

親愛的克里斯多弗：

我説過等找到適當時機時，我會向你解釋爲什麼我會離開你。現在我有空了，所以我坐在沙發上，開著收音機寫這封信給你，但願我能把話説清楚。

克里斯多弗，我一直不是稱職的好母親。説不定在另一種情況之下，換了另一個不同的你，我這個母親會做得更好一點。可惜事情的發展竟是如此。

我不像你父親，你父親比我更有耐心，即使逆來順受也不會表現在外。我不是這種個性，我也沒辦法改變。

你還記得有一次我們一起進城去逛街嗎？我們進去Bentalls，裡面人山人海，可是我們一定要替外婆買聖誕禮物那一次？你因爲店裡面人太多而嚇壞了，那時正是聖誕節的購物旺季，大家都進城去了，我和廚房用品部的藍先生在説話，你蹲在地上，兩手捂著耳朵，四周都是人群。我氣壞了，因爲我也不喜歡在聖誕節買東西，我叫你要乖，要聽話，我想拉你起來走路，可是你一直大聲尖叫，還把旁邊陳列架上的東西都打翻，人人都轉頭過來看發生了什麼事。藍先生雖然很好心，但是地上到處都是打翻的箱子和破裂的碗盤碎片，大家都在瞪著你看。我發現你還尿濕褲子，我眞是氣極了，想帶你出去，但你卻不讓我碰你，只是躺在地上尖叫，兩手兩脚拚命用力捶打地板，連經理都過來問出了什麼事。我實在是束手無策，最後只好賠償兩個打破的攪拌器，並且一直等到你停止尖叫爲止。後來我們一路走回家，走了好幾個小時，因爲我知道你無論如何不肯再坐巴士回家了。

我記得那天晚上我哭了又哭、哭了又哭，你父親很體貼，不但主動替你做晚餐，還送你上床睡覺，他說這不是什麼大不了的事，過了就算了。但我鬧著說我再也無法忍受了，後來連他也生氣了，罵我愚蠢，叫我要振作點。我一氣之下打了他，這當然是不對的行爲，但我當時實在太沮喪了。

像這樣的爭吵經常發生，因爲我老是覺得我無法繼續忍受下去。你父親是個很有耐性的人，但我不是，我很容易動怒，雖然我不是有意的。到最後，我們彼此不再說話了，因爲我們知道一開口就是以爭吵收尾，於事無補。我覺得好寂寞。

就是這樣，我開始和羅傑交往。表面上我們似乎與羅傑和愛琳經常聚會，但私底下我與羅傑單獨見面的機會日益增多，因爲我可以對他傾訴，他是我唯一可以傾吐的對象，我也因此不再感到寂寞。

我知道你也許無法明白這種事，但我希望能夠解釋清楚，好讓你明白。即使你現在還不懂，我也希望你能保留這封信，或許將來有一天你再拿出來讀時，你會明白。

羅傑告訴我，他和愛琳早就不相愛了，他們已經很久沒在一起做那件事，換句話說，他也很寂寞，我們倆有許多相似的地方。後來我們發現，我們都愛上了彼此，他便提議我離開你父親，這樣我們便可以搬到另一個房子住在一起。但我說我不能離開你，他很傷心，但他瞭解你在我心目中的地位十分重要。

不久，你和我又吵了一架。你還記得嗎？就是有一天晚上爲了你的晚餐那一次？我替你煮了一些東西，你不肯吃。你一連好幾天不肯吃任何東西，人都變瘦了，而且你又開始大聲尖叫。我氣極了，拿起食物扔過去，我知道我不該那麼做，但你又抓起切菜板扔向我，砸到我的腳，把我的腳指頭砸斷了，我們當然只好去醫院急診，並且上了石膏。回家後，你父親又和我大吵一架，他怪我對你發脾氣，說我應該由著你愛吃什麼就讓你吃什麼，即使只是一盤萵苣或一杯草莓奶昔也行。我說我只是想讓你吃點健康的食物，他說你就是這樣的人，我也說我就是這樣的人，說著說著，我的脾氣又來了。他說，假如他能夠按捺他的脾氣，我也應該能夠隱忍我的脾氣才對。那天晚上我們就這樣一直吵個不休。

我有一整個月無法好好走路，你還記得嗎，照顧你的責任只好落在你父親身上。我記得我看著你們父子倆在一起，發現你和他相處的情形迥然不同，平靜多了。你們不會互相大聲爭吵，這讓我很傷心，因爲這讓我感覺你根本就不需要我。這比我們經常吵架還更嚴重，因爲這讓我覺得你眼中沒有我的存在。

我想，就是在這段期間，我明白假如我不和你們住在一起，或許對你和你父親都會比較好。

他只要照顧你一個人就行了。

不久羅傑說他已經請求銀行將他調職，他請調去倫敦上班，不久就要離開了。他問我要不要跟他一起走。我想了很久，克里斯多弗，眞的，我考慮了很久，這件事讓我心碎，但最後我還是決定，我離開對我們大家都好。於是我答應他。

我本來是要當面道別的，我想等你放學回家後回來拿點衣服，然後向你解釋我所做的決定，告訴你我會盡可能回來看你，你有時也可以到倫敦來和我們同住。可是當我掛電話給你父親時，他說我不能回來。他非常憤怒，說我不能和你說話。我不知道怎麼辦才好。他說我太自私，我永遠不能再踏進這個家門一步。所以我就沒有回來看你了，但我一直有寫信給你。

我不知道你是否明白我寫這封信的用意，我知道這對你來說很難，但我希望你多少能體會一點。

克里斯多弗，我從來沒有意思要傷害你，我以為我這樣做對我們大家都好，我衷心盼望如此，我也希望你明白這不是你的錯。

我常作夢一切變得更順利更美好。記得嗎？你常說你想當太空人，我就常夢見你是個太空人，你出現在電視上，而我心中在想那是我的兒子。不知你現在的志向如何，改變了嗎？你還在努力做數學題嗎？但願如此。

克里斯多弗，請你偶爾寫封信給我，或打個電話給我，電話號碼就在信頭上。

愛你親你

你的母親

×××××

我接著打開第三封信，信中這樣寫著：

九月十八日

洛桑路312號之一

倫敦 北八區

0208 756 4321

親愛的克里斯多弗：

我說過我每個禮拜都會寫信給你，我沒有食言。事實上，這是這個禮拜的第二封信，可見我所做的勝過我所說的。

我找到工作了！我要在康登上班了，它叫「普金與拉西德公司」，那是一家特許鑑定公司，專門爲人鑑定房價和需要修繕的事宜和修繕成本。他們還幫人計算新房屋和辦公室及工廠的興建成本。

辦公室很漂亮，另外一個秘書叫安姬，她的桌上擺了許多小泰迪熊和絨毛玩具和她小孩的照片（所以我也把你的照片裝在相框裡，放在我桌上）。她人很和氣，我們常常一起出去吃午飯。

不過我不知道我會在這裡待多久，我們必須寄帳單給客户，所以我要計算許多許多數字，這並不是我擅長的工作。（若是你，你會做得比我更好！）

這家公司是由普金先生與拉西德先生合夥經營的，拉西德先生是巴基斯坦人，非常嚴格，總是要求我們做快一點。普金先生人很怪（安姬叫他怪普金），他每次過來問我事情時，兩隻手總是按著我的肩膀，臉頰壓得低低的，快要貼到我的臉，我都可以聞到他的牙膏味道，忍不住起雞皮疙瘩。這裡的待遇也不好，所以一旦有機會，我會盡快換工作。

前天我去了一趟亞歷山卓公園，它就在我們住的公寓轉角附近，是一座大山，山頂上有一棟很大的會議中心。我在那裡想起你，如果你來了，我們就可以一起去放風箏，或者看飛機飛進希斯洛機場，我知道你一定會喜歡。

我得停筆了，克里斯多弗，我是趁午餐時間寫這封信（安姬感冒請假，所以我們今天沒有一起吃午飯），請你有空也寫信給我，告訴我你好不好，還有你在學校的情形。

我希望你拿到我寄給你的禮物了，你解開了沒？羅傑和我在康登市場的一家商店發現的，我知道你一向喜歡益智遊戲。我們在包裝之前，羅傑曾試著把那兩個東西分開，但沒成功。他說如果你有辦法做到，你就是天才。

好愛好愛你的母親
××××××

第四封信這樣寫著：

八月二十三日
洛桑路312號之一
倫敦　北八區

親愛的克里斯多弗：

很抱歉上個星期沒有寫信給你，我去看牙醫，拔了兩顆蛀牙。你大概不記得我們帶你去看牙醫的情形了吧，你不肯讓任何人的手靠近你的嘴巴，我們只好給你打麻藥讓你睡覺，牙醫才有辦法拔掉你的牙齒。可是這次他們沒有讓我睡覺，他們只是給我局部麻醉，這樣整個嘴巴就沒有知覺了。這樣做是對的，因爲他們必須把骨頭切開才能取出牙根，麻醉之後就一點也不痛了。事實上我還在笑呢，因爲牙醫又拉又扯，費了好大勁，我看著覺得好笑。可是等我回家後，麻藥退了，疼痛開始了，我痛得在沙發上躺了兩天，吞了許多止痛藥……

我不敢再看下去了，因爲我感到噁心想吐。

母親沒有得心臟病，母親沒死，母親一直都還活著，父親欺騙了我。

我努力思索是否還有其他的理由，但我想不出來。接下來我更無法思考了，因爲我的大腦已經無法正常運作。

我感到頭暈眼花，彷彿整個房間在左右搖晃，彷彿我站在一棟很高的大樓頂上，大樓在強風中前後搖擺（這也是個明喻），但我知道房間不可能前後搖擺，所以一定是我的腦袋有問題。

我倒在床上，縮成一團。

我的胃在絞痛。

我不知道後來發生的事，因爲我的記憶出現斷層，彷彿有一段錄影帶被洗掉了一樣。但我知道肯定過了好一段時間，因爲等我再睜開眼睛，窗外天已經黑了。我還嘔吐，床上到處是我吐出的穢物，我的手掌、手臂和臉上都有。

在這之前，我還聽見父親走進屋子呼喚我的聲音，所以我知道中間過了好一段時間。

說來奇怪，父親喊著：「克里斯多弗……？克里斯多弗……？」他一面喊，我一面看到我的名字以文字出現在眼前。平常我都是看到它在電腦上以印刷體出現，尤其是在另一個房間內時，但這次不是在電腦螢幕上，我看到的是大大的字母，像巴士外面的廣告文字，而且是我母親的筆跡，像這樣：

克里斯多弗 克里斯多弗

接著我聽到父親上樓，走進房間。

他說：「克里斯多弗，你在幹嘛？」

我知道他在房間裡，但他的聲音聽起來微弱又遙遠，和我在呻吟時不希望人家接近我那一刻所聽到的聲音一樣。

他說：「你在幹嘛……？那是我的紙盒，克里斯多弗，那是……啊，該死，該死，該死，該死該死該死。」

然後他沈默了好一陣子。

後來他扶著我的肩膀讓我站起來，說：「喔，克里斯多弗。」但這次和平常不一樣，他碰到我的身體時一點也不痛。我看著他碰觸我，就像看著影片中播放房間內發生的事一樣，我絲毫沒有感覺他的手在我身上，只覺得像一陣風從我身上拂過。

他又靜默了好一會。

然後他說：「我很抱歉，克里斯多弗，我眞的很抱歉。」

這時我才注意到我吐了，因爲我覺得我全身都濕濕的，而且有一股味道，和學校裡有人嘔吐以後的氣味一樣。

他說：「你看了那些信了。」

我聽出他在哭，因爲他的聲音悶悶的，有鼻音，就像感冒時鼻子塞住那樣。

他說：「我是爲你好，克里斯多弗，眞的，我是爲你好。我從沒有要欺騙你的意思，我只是認爲……我只是認爲如果你不知道眞相，對你會好一點，我……我……我不是有意要……我打算等你長大一點之後再拿給你看。」

又是一陣沈默。

然後他說：「這是個意外。」

沈默。

他又說：「我不知道該怎麼說……我的腦子一團亂……她留下一張紙條……後來她又打電話……我說她在醫院，那是因爲……因爲我不知道該如何解釋，情況太複雜，很難啓齒，我……我說她在醫院，我知道那不是眞的，可是我已經說出口了……我收……收不回來，你明白嗎……克里斯多弗……？克里斯多弗……？一切都不是我能掌握的，我但願……」

接著久久一陣無言。

他又摸我的肩膀，說：「克里斯多弗，我幫你把身上弄乾淨，好嗎？」

他輕輕搖我的肩膀，但我不能動彈。

他說：「克里斯多弗，我現在去浴室替你放洗澡水，然後我來帶你去洗澡，好嗎？等一下我再把床單放進洗衣機去洗。」

我聽到他起身走進浴室，打開水龍頭。過了好一陣後他才回來，又碰碰我的肩膀，對我說：「我們輕輕的，克里斯多弗，我們先讓你坐起來，再脫下你的衣服，讓你進浴缸洗澡，好嗎？我要摸你了，但是不要緊。」

說完，他扶我坐在床邊，替我脫掉連身褲和襯衫放在床上，然後他扶我站起來，走到浴室。

我沒有尖叫，沒有反抗，也沒有打他。

163

我小時候第一次上學時，我的指導老師叫茱麗，那時候雪倫還沒有來學校，她是在我十二歲時才來學校上班。

有一天，茱麗一屁股坐在我旁邊的桌子上，放了一條聰明豆在桌上，說：「克里斯多弗，你說這是什麼？」

我說：「聰明豆。」

然後她打開聰明豆的盒蓋，倒立著，一根小小的紅色鉛筆從裡面掉出來。她笑起來，我說：「不是聰明豆，是鉛筆。」

然後她把鉛筆放回去，又把蓋子蓋回去。

她說：「假如你媽咪現在走進來，我們問她這條聰明豆裡面裝的是什麼，你想她會怎麼說？」

那時候我都叫媽咪，不叫母親。

我說：「鉛筆。」

那是因爲當時我年紀小，不懂得其他人的心理。茱麗對母親和父親說，我這輩子恐怕很難瞭解這種事了，但我現在並不認爲這很難，因爲我把它看成是一個謎，既然是謎，自然會有解謎的方法。

就像電腦一樣。一般人以爲電腦和人不一樣，因爲它們沒有心智。儘管如此，我們從一種叫「圖靈測試」的方法中知道，電腦也能和人對話、閒談天氣、葡萄酒和義大利的風景，它們甚至還會說笑話。

而心智其實是個複雜的機器。

當我們看東西的時候，我們以爲我們是從我們的眼睛看出去，就像我們的腦袋裡有個人從一扇小窗看出去一樣。其實不然。我們看到的是我們大腦裡的一個畫面，像電腦螢幕一樣。

這是我從一個名叫《心智的運作》電視節目所做的一項實驗得知的。在這個實驗中，你把頭放在一個夾板中間，兩眼注視著螢幕上的一頁文字，起初它和一頁普通的文字沒有兩樣，但是片刻之後，當你的眼球繞著這一頁文字快速轉了幾圈之後，奇怪的事發生了，因爲當你想再閱讀這一頁文字的時候，它變得不一樣了。

這是由於人的眼睛從一個點快速移到另一個點時，你完全看不到東西，這時候的你是盲目的，這種眼球快速移動就叫「掃視」。當你的眼球從一個點快速移到另一個點時，如果你同時看到了東西，你便會感覺到頭暈。在這個實驗中有一具感應器，可以測知你的眼球從一個點快速移到另一個點，當你這樣做的時候，你的眼睛沒有注視到的部分文字便開始產生變化。

但你不會發現當你快速轉動眼球時你是盲目的，因爲你的腦子裡有一個畫面，使你以爲你是從頭上的兩扇小窗看出去，你也不會注意到某些部分的文字產生變化，因爲你的腦子裝滿那一刻你沒見到的畫面。

同時人和動物也不一樣，因爲人的腦子裡可以存在他們看不見的畫面。他們可以看見某個人在另一個房間的畫面，或是明天將有什麼事發生的畫面，或是他們有朝一日成爲太空人的畫面，或是他們想解開一個謎團時所做一連串推理的畫面。

這是爲什麼一隻狗在動物醫院接受腿上打鋼釘的大手術後，看見貓卻立刻忘了牠腿上有鋼釘而拼命想追上去。可是當一個人接受手術之後，他的腦子會存在一個疼痛的畫面，接連好幾個月都不會消失。他的腦子也會產生腿上縫了許多針、骨頭折斷、骨頭打上鋼釘的畫面，甚至看到要搭的公車他都不會拔腿快跑，因爲他的大腦裡面存在著骨頭再度斷裂、手術縫線爆開、甚至比現在更疼痛的畫面。

這是爲什麼人們認爲電腦沒有心靈，又認爲他們的大腦比電腦更特殊、更出類拔萃的原因。因爲人可以看見他們腦子裡的畫面，他們以爲他們的腦子裡有個人坐在那裡看著螢幕，就像《星艦迷航記：下一代》裡的皮卡得艦長坐在艦長座上注視著大螢幕一樣。他們認爲這個人就是他們與眾不同的人類心靈，他們喚它做「小矮人」，他們認爲電腦缺少這種小矮人。

然而這個小矮人也只是他們腦子裡的另一個畫面而已，當這個小矮人出現在他們腦內的畫面中時（因爲他在想這個小矮人），他們還有一部份大腦在看著這個畫面，當這個人想到大腦的這一個部分時（就是看到小矮人在注視螢幕的畫面），他的這一部份大腦就會出現在畫面上，此時又會有另一部份大腦在看這個畫面。然而大腦是看不到這些的，因爲它就像眼球從一個點快速移到另一個點一樣，當人們從一件事想到另一件事時，他們的腦子也是盲目的。

所以，人的大腦其實和電腦一樣。這並不是由於他們比較特別，而是由於他們在轉換畫面時必須維持短暫的關機狀態。同時，人們因爲看不眞切，就覺得它特殊。那是因爲人們對於看不到的東西總是認爲特殊，好比月亮黑暗的那一面，或黑洞的另一頭，或在黑暗裡從睡夢中醒來感到害怕一樣。

同時，人們認爲他們之所以和電腦不同是因爲他們有知覺而電腦沒有。但是知覺只是你的腦子對於明天或明年即將發生，或有可能發生而非實際發生的事所產生的一個畫面，如果它是個快樂的畫面，人們便歡喜雀躍，如果它是個悲傷的畫面，人們便哭泣。

167

父親幫我洗過澡，替我清除穢物，又用毛巾替我擦乾身體後，帶我回我的房間，幫我穿上乾淨的衣服。

然後他說：「你晚上吃過東西沒？」

我沒作聲。

他說：「我幫你弄點東西吃好嗎，克里斯多弗？」

我還是不作聲。

他又說：「好吧，我要去把你的衣服和床單放到洗衣機裡面，然後我再回來，好嗎？」

我坐在床上，瞪著我的膝蓋。

父親走出房間，從浴室地板拾起我的衣服放在樓梯口，又去把他的床單拿出來放在樓梯口，連同我的連身褲和襯衫堆在一起，然後他把它們抱起來拿到樓下。我聽見他啓動洗衣機的聲音，還聽到鍋爐點火、熱水從水管流進洗衣機的聲音。

好長一段時間我只聽到這些聲音。

我在腦子裡心算二的次方，這樣可以使我平靜下來。我一直心算到二的二十五次方，得數是三千三百五十五萬四千四百三十二。這不算多，以前我還曾經算到二的四十五次方，不過我的大腦今天不太靈光。

父親又回到房間，說：「你感覺如何？要不要給你弄點東西吃？」

我沒吭聲，還是注視著我的膝蓋。

父親也沒開口，他在我身旁坐下，兩隻手肘撐著膝蓋，垂著頭注視兩腿間的地毯，地毯上有一小塊紅色的樂高方塊，上面有八個凸出的圓瘤。

這時我聽到托比醒來了，牠是夜行性動物，我聽到牠在籠子裡蠕動。

父親依舊保持沈默。

良久他說：「也許我不該說這句話，但是……我希望你知道，你可以相信我……不錯，也許我沒有全部說實話。天知道，我試過，克里斯多弗，我試過，可是……生活不容易，你要知道，你很難每句話都說實話，有時根本不可能。我希望你知道我有嘗試過，眞的。也許現在不是說這種話的最好時機，我也曉得你會不高興，但……我要你知道，從今以後我絕對不會隱瞞你半句話，對任何事。因爲……如果現在不說實話，將來……將來傷害更大，所以……」

父親用雙手抹一抹臉，手指抓住下巴往下拉，茫然地瞪著牆上。我從眼角偷看他。

他說：「威靈頓是我殺的，克里斯多弗。」

我懷疑這是一句笑話，我不懂笑話，人們說笑話時都不是當眞的。

但父親繼續說：「克里斯多弗，讓我……先讓我把話說完。」他深吸一口氣，接著說：「你母親離家出走後……愛琳……席太太……她對我們很好，對我很好。她幫助我度過一段非常難堪的時光，倘若沒有她，我想我可能撐不過來。你也知道，她有好一陣子都待在這裡，幫我們煮飯、打掃，不時過來看看我們好不好，問我們有沒有需要什麼……我以爲……唉……該死，克里斯多弗，我想把這件事盡量單純化。我以爲……也許我太笨了……我以爲她或許會……終究會……搬過來住，或者我們搬去住她家。我們……我們處得不錯，眞的不錯。我以爲我們是朋友，我想我錯了，我想……終歸……終歸會……該死……我們吵了一架，克里斯多弗，她說了一些話，我不想讓你知道，因爲那是不好的話，是傷人的話，但，我認爲她愛那隻狗更甚於愛我，愛我們。現在回想起來，說不定那是對的，說不定我們眞的是麻煩人物，而且，說不定獨自一個人守著一條笨狗，也強過和其他活生生的人類共同生活。我的意思是，該死，我們又不是眞的維修不良，不是嗎？……總之，我們爲此吵了一架。事實上，吵了好幾次。但是這件事爆發後，她把我趕出來了。你知道那隻該死的狗動手術以後怎麼著？牠發神經了，前一秒鐘溫馴的滾在地上，讓你搔牠的肚子，下一秒鐘卻朝你腿上狠狠的咬上一口。總而言之，我們彼此互相吼叫時，牠就在花園裡休息。當她在我背後用力把門關上時，那隻臭狗也在虎視眈眈的等著我……我知道，我知道，也許踢牠一腳也就沒事了，可是，該死，克里斯多弗，當你紅了眼的當下……老天，你也知道是怎麼一回事。我是說，我們都半斤八兩，我和你，當時我腦子裡一心只想著她愛那條狗更甚於愛你或我，兩年來累積的怨氣似乎就在那一瞬間猛然爆發出來……」

父親沈默了一會。

接著他又說：「我很抱歉，克里斯多弗，我向你保證，我決不是有意讓事情演變到這種地步。」

這時我才明白，這不是個笑話。我開始恐慌起來。

父親說：「我們都會犯錯，克里斯多弗，你、我、你媽，每個人都會犯錯。有時甚至犯下嚴重的錯誤。我們都只是個凡人。」說著，他舉起他的右手，五指張開成扇狀。

但我尖叫起來，一把將他推過去，他從床上跌倒在地上。

他坐起來，說：「好吧，克里斯多弗，我很抱歉，今天晚上就到此為止，好嗎？我下樓去，你睡一下，我們明天早上再說。」又說：「一切都會過去的，真的，相信我。」

他站起來，深吸一口氣，走出房間。

我坐在床上久久不動，一直瞪著地板。然後我聽見托比在牠籠子裡騷動的聲響，我抬起頭，看見牠隔著籠子望著我。

我必須離開這個家。父親殺了威靈頓，這表示他也可能殺我，因爲我不相信他了，雖然他說「相信我」。也因爲他撒謊隱瞞這麼一件天大的事。

但我不能這樣大剌剌走出去，他會看見，所以我必須等到他睡著以後。

這時候是晚上十一點十六分。

我又試著心算二的次方，但只能算到二的十五次方，得數是三萬二千七百六十八。於是我停止思考，靠呻吟來打發時間，希望時間趕快過去。

終於捱到了凌晨一點二十分，但我一直沒有聽到父親上樓睡覺的聲音，不知他是在樓下睡著了，抑或他正等著進來殺我。於是我取出我的瑞士行軍刀，拉開鋸刀做防衛，然後我悄悄的離開臥室，仔細聽他的動靜。半點聲響也沒有。我放慢腳步躡手躡腳下樓。到了樓下，我從客廳門口瞥見父親的一隻腳，我等了四分鐘，看他有沒有動靜。沒有。於是我繼續走到甬道，再探頭往客廳偷瞧。

父親躺在沙發上，兩眼緊閉。

我一直看著他，看了很久。

他忽然打鼾，我嚇一跳，我聽到血液在我耳道內流動的聲音，我的心臟急速跳動，胸口一陣痛楚，彷彿有人在我胸腔裡面戳破一個氣球。

我懷疑我會不會是得了心臟病。

父親的雙眼依然緊閉，不知道他是不是假裝睡著了。我手中緊緊握住小刀，故意在門框上敲一下。

父親的腦袋從這一頭歪到那一頭，他的腳抽動一下，發出「嗯——」的聲音，但兩眼依然緊閉。一會兒後，他又開始打鼾。

他睡著了。

這意味如果能一直保持安靜，我便可以走出屋子了。因此我沒吵醒他。

我從前門邊的掛勾上取下我的外套和圍巾穿起來，入夜後戶外會很冷。然後我又靜悄悄上樓，但是很難，因爲我的腳在發抖。我走進房間，拎起托比的籠子，牠不安地刨抓著發出聲響，於是我脫下一件外套蓋住籠子，把音量降低，這才拎著牠再度下樓。

父親仍然熟睡著。

我走進廚房，拿出我的專用餐盒，拉開後門的鎖，走出屋外。關門時我依舊握緊把手，免得門把發出吵人的喀嚓聲，然後走到花園。

花園邊上有一間小屋，裡面放著割草機和修剪枝條的大剪子，還有許多母親平日使用的園藝工具，例如花盆、堆肥、竹竿、繩子、鏟子之類的東西。小屋內比較溫暖，但我知道父親會進去裡面找我，所以我繞到小屋後面，擠進小屋與圍牆之間的縫隙，躲在蒐集雨水的黑色大塑膠桶後面。我坐下來後才有了一點安全感。

我決定用我的另一件外套覆蓋托比的籠子，因爲我不希望牠凍死。

我打開我的專用餐盒，裡面是那條牛奶巧克力棒和兩條水果糖、三盒鮮桔汁、一包粉紅色的華富餅乾，還有我的紅色食用色素。我並不餓，但我知道我應該吃點東西，因爲如果不吃東西，身體會覺得冷，所以我吃了兩盒鮮桔汁和牛奶巧克力棒。

然後我思考我的下一步。

173

隔壁鄰居在圍牆邊種了一棵樹，枝枒高懸在圍牆上方，我從小屋屋頂與枝枒之間的間隙望向天空，看見獵戶星座。

聽說獵戶星座之所以叫獵戶星座，是因爲它的形狀像一個手拿棍棒與弓箭的獵人，如圖所示：

但這是無稽之談，它不過是一群恆星而已，你可以隨自己的意思連接每一個點，你可以把

它連成一個撐傘的少女，手上拿著一把義大利式的咖啡壺（像席太太那樣），咖啡壺有握把，壺嘴還冒出蒸汽來。當然你也可以把它連成一隻恐龍。

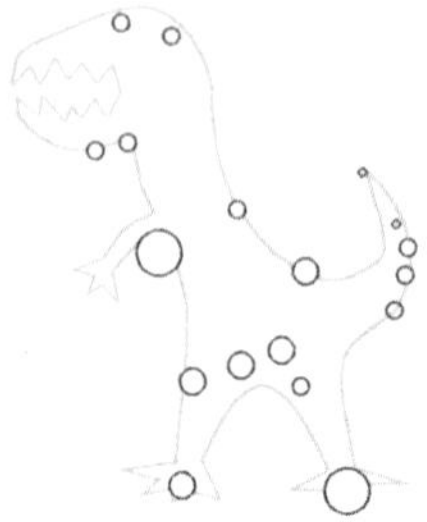

此外，太空中沒有任何線條，你甚至可以把獵戶星座和天兔座，或金牛座、或雙子座串連起來，爲它們命名爲「葡萄星座」，或「耶穌星座」，或「腳踏車星座」（不過當年羅馬人與希臘人爲獵戶星座命名時，腳踏車還沒發明。）

何況，獵戶星座原本就不是獵人或咖啡壺，也不是恐龍。它只不過是參宿四、參宿五和參宿二，以及參宿七和另外十七個我叫不出名的恆星的總和，而且它們是數十億哩以外太空發生的核子爆炸的結果。

這才是事實眞相。

179

我一直保持清醒到凌晨三點四十七分。那是我睡著以前最後一次看錶的時間。我的手錶錶面有夜光顯示功能，按下按鈕錶面就會發亮，我可以在黑暗中看清時間。我雖然又冷又怕父親發現，但藏匿在花園裡還是比較有安全感。

我不時望著天空。我喜歡入夜後在花園看星星。夏日期間，我有時會在夜間帶著手電筒與星座圖走出屋外。這個星座圖是由兩片圓形的塑膠片組成，中間以針相連。底下的部分是天體圖，頂端有個呈拋物線的缺口，你可以轉動塑膠片找到你要觀察的年月日當天北緯五十一點五度的方位，那是史雲登的緯度。絕大部分的天空永遠在地球的另一邊。

當你注視著天空時，你會發現你所看到的星星和你之間都有數十萬光年的距離，有些星球甚至已經不存在了，只因爲它們的光需要很長的時間才能到達地球，其實它們早已死了，或者已經爆炸分裂成紅色的矮星。瞭解這些眞相會使人自覺非常渺小，當你生活中遭遇到挫敗的時候，你便能體會它們正是所謂的「微不足道」，意思是小事一樁，不足掛齒。

由於天氣寒冷，地面凹凸不平，托比又不安的在牠籠子裡騷動，我睡得很不安穩。但我醒來時天已微明，天空布滿藍、橘、紫的光彩，小鳥在枝頭高唱「黎明合唱曲」。我又等待了兩個鐘頭又三十二分，這才聽到父親來到花園裡高聲喊：「克里斯多弗……？克里斯多弗……？」

我轉頭看到一個沾著泥土的舊塑膠袋，是以前用來裝肥料的。於是我帶著托比的籠子和我的食盒，奮力擠進小屋的牆角與圍籬和蒐集雨水的塑膠桶之間，再用肥料袋把自己遮蓋起來。這時我聽到父親往花園這一頭走過來。我從口袋掏出我的瑞士行軍刀，拔出鋸刀拿在手上，以防萬一他發現我們。我聽到他打開小屋的門往內看，聽到他說：「要命。」然後我聽到他的腳步聲繞到小屋另一邊栽種植物的地方，我的心跳得飛快，那種胸腔內彷彿有個氣球在膨脹的感覺又出現了。我以爲他會搜尋小屋的背面，但我看不見，我躲起來了，不過他沒發現我，因爲我聽到他又往花園另一頭走過去。

我繼續保持不動，看看手錶，我保持了二十七分鐘不動的姿勢，之後我聽到父親發動貨車引擎的聲音，我知道那是他的貨車，我聽慣了它的聲音，而且聲音很近，我知道那不是鄰居的汽車，因爲吸毒那一家人開的是福斯露營車，住在四十號的湯先生開的是沃克斯豪爾的 Cavalier 轎車，住在三十四號的鄰居開的是標緻汽車，它們的聲音都不相同。

聽到他的車開走，我知道我安全了，可以出來了。

接下來我必須決定下一步，我不能再和父親住在一起了，那樣會很危險。

於是我做了決定。

我決定去敲席太太的門，我要和她住在一起，因爲我認識她，她不是陌生人，而且我以前去過她家，那次我們街上這一排住家都在停電。相信這次她不會叫我走開了，我可以告訴她誰殺了威靈頓，這樣她就會明白我是她的朋友，同時她也會明白爲什麼我不能再和父親同住的原因。

我從食盒取出長條水果糖和粉紅華富餅乾，和最後一盒鮮桔汁放在口袋裡，把食盒藏在肥料袋底下，然後我拿起托比的籠子和我的另一件外套，從小屋後面爬出來。我穿過花園，經過屋子側面，拉開花園小門的門閂走出去。

街上一個人影也沒有，我穿過馬路到對面席太太家，敲過門後等了一會，一面在內心琢磨待會兒她開門時我要說的話。

但她沒有來開門。我繼續敲。

我轉身，看見有人從街上走過來，我很害怕，因爲我認出那兩個人正是住在我家隔壁的吸毒的鄰居，於是我抓起托比的籠子，繞到席太太家後面，在垃圾桶邊坐下來，這樣他們便看不到我了。

我必須再想下一步要怎麼辦。

我把所有我能做的事都想過一遍，再來推斷它們是否正確。

我斷定我不能回家了。

我又斷定我不能去和雪倫住在一起，因爲學校放假以後她不能照顧我，她只是個老師，不是朋友，也不是我的家人。

我也斷定我不能和泰利叔叔住在一起，因爲他住在桑德蘭，我不知道要如何去桑德蘭。何況我也不喜歡泰利叔叔，因爲他喜歡抽菸，又喜歡摸我的頭髮。

我更斷定我不能和亞太太住在一起，雖然她有養狗，但她既不是我的朋友，也不是我的家人。而且我不能在她家過夜或使用她的廁所，因爲她用過了，而且她是個陌生人。

然後我想到我可以去和母親住在一起，因爲她是我的家人，而且我知道她住在哪裡，我記得她的地址是倫敦西北二區5NG查特路四百五十一號C座，唯一的問題是她住在倫敦，而我從未去過倫敦。我只去過多佛，從多佛轉往法國。我還去過桑德蘭拜訪泰利叔叔，也去過曼徹斯特探視得癌症的露絲阿姨，不過我去拜訪她時，她還沒有得癌症。我也從未獨自去過路口小店以外的任何地方，現在想到就要一個人去很遠的地方，委實令人膽戰心驚。

我又想到回家，或留在原地，或每天晚上躲在花園裡一直到被父親發現。這些念頭令我更加恐懼，昨夜那種難過的感覺又再度襲上心頭。

我明白無論我怎麼做都不會有安全感。我在腦子裡畫出這樣一個圖表：

接著我想像逐一劃掉所有的可能性，就像做數學測驗題一樣，逐一審查所有問題，然後決定要選哪些答案、不選哪些答案，把不選的答案劃掉後，剩下的就是最後的答案，這時你就不能再做任何改變了。所以我現在的決定是這樣：

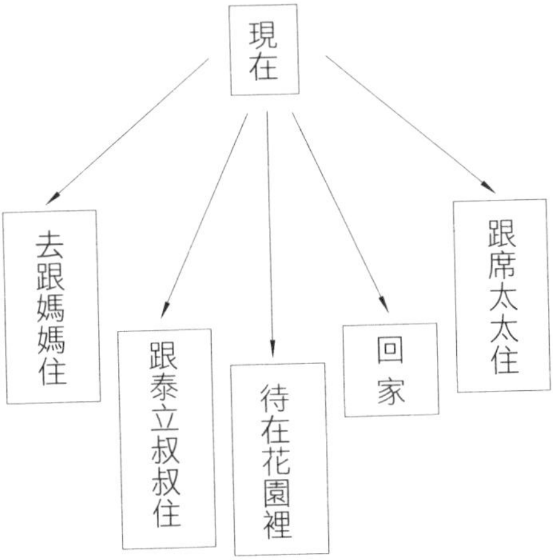

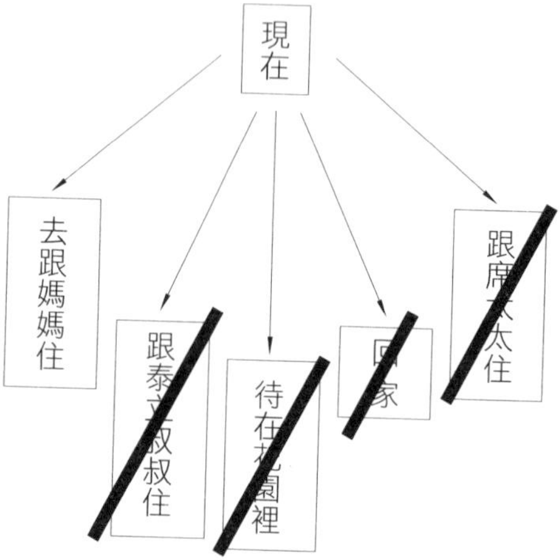

換言之，我必須去倫敦和母親同住。我可以坐火車去倫敦，因爲我已經從玩具火車組學會一切有關火車的常識，如何看火車時刻表，如何在火車站買票，如何察看發車時間看列車準不準點，以及如何找到正確的月台上車等等。我要從史雲登站上車，那裡也是福爾摩斯與華生醫生在《波士康比溪谷秘案》一書中，從派丁頓前往羅斯途中停下來用餐的車站。

這時從我坐著的地方越過小巷，我看見席太太屋子旁邊有個圓形的老式鍋蓋倚牆立著，上面覆滿鐵鏽，看上去很像星球的表面，鐵鏽的形狀彷彿一個個國家和大陸、島嶼的地圖。

我想到我這輩子大約是不可能成爲太空人了，因爲要當太空人就必須離家去那數十萬哩以外的太空，現在我的家在大約一百哩外的倫敦，比起太空自然是縮短一千多倍以上。想到這裡不禁令我傷心欲絕。以前我曾經有一次在操場邊的草地上跌倒，被不知是誰打破一支瓶子留下的玻璃碎片劃破膝蓋。戴太太用消毒水替我消毒並清除沙子，傷口非常疼痛，我忍不住大聲哭叫。但此刻的傷在我的腦子裡，想到我永遠不能成爲太空人，不禁令我感到悲傷。

然後我又想到我要學習福爾摩斯，要做到隨心所欲具備超然的見解，這樣我就不會對我腦子裡的傷痕耿耿於懷。

我又想到如果我要去倫敦，我會需要一些錢。我也需要一些食物，因爲那是一段長途旅行，我不知道半路上可以在哪裡買到食物。我還想到我去倫敦期間，必須找個人替我照顧托比，因爲我無法帶著牠一起旅行。

於是我擬出一個計畫，這讓我感覺好過一些，因爲我的腦子裡有了先後順序和圖形，我只要按照計畫依次進行就得了。

我站起來，看清楚街道上沒有人影，這才來到隔壁的亞太太家敲門。

亞太太出來開門，她說：「克里斯多弗，你怎麼啦？」

我說：「妳能替我照顧托比嗎？」

她說：「誰是托比？」

我說：「托比是我的寵物鼠。」

亞太太說：「喔……喔，是，我想起來了，你告訴過我。」

我舉起托比的籠子，說：「這就是牠。」

亞太太後退一步。

我說：「牠吃專用的老鼠飼料，妳可以在寵物店買到，但牠也可以吃餅乾和紅蘿蔔和麵包和雞骨頭，可是妳不能餵牠吃巧克力，因爲巧克力含有咖啡因和可可鹼，這些都含有甲羥基嘌呤，老鼠吃太多會在體內產生毒素。牠的瓶子還需要每天換乾淨的飲水。牠不怕生，因爲牠是動物。牠喜歡離開籠子，不過如果妳不想讓牠出來也沒關係。」

亞太太說：「爲什麼你要找人來照顧牠，克里斯多弗？」

我說：「我要去倫敦。」

她說：「你要去多久？」

我說：「直到我上大學。」

她說：「你不能把托比帶去嗎？」

我說：「倫敦很遠，我不想帶牠上火車，我怕會把牠弄丟。」

亞太太說：「對。」又說：「你和你父親要搬家了嗎？」

我說：「沒有。」

她說：「那，爲什麼你要去倫敦？」

我說：「我要去和母親住在一起。」

她說：「你不是告訴過我，你母親死了嗎？」

我說：「我本來以爲她死了，其實她還活著，父親欺騙我，他還說他殺了威靈頓。」

亞太太說：「啊，我的天。」

我說：「我要去和母親住在一起，因爲父親殺了威靈頓又說謊，我不敢和他住在一個屋子裡。」

亞太太說：「你母親在這裡嗎？」

我說：「沒有，母親在倫敦。」

她說：「你要自己去倫敦嗎？」

我說：「是的。」

她說：「克里斯多弗，你何不進來坐，我們聊一聊，一起想個最好的辦法。」

我說：「不行，我不能進去。妳能幫我照顧托比嗎？」

她說：「我不認爲這是個好主意，克里斯多弗。」

我沒吭聲。

她說：「你父親現在在哪裡，克里斯多弗？」

我說：「我不知道。」

她說：「那，也許我們應該打個電話試試看能不能聯絡到他，我相信他此刻一定在擔心你，我也相信其中定有某些嚴重的誤會。」

我一聽立刻轉頭跑回家，我也沒有先看左右就跑過街，一輛黃色的迷你車緊急煞車，車胎摩擦路面發出尖銳的聲音。我跑到屋子後面，從花園的門進去，再反手將花園的門閂上。

我想打開廚房的門，但門鎖著，我撿起地上的磚塊，打破門窗，玻璃碎了一地，然後我從破裂的玻璃伸手進去把門打開。

我走進屋子，先把托比放在廚房桌上，然後我跑上樓，抓起我的書包，放了一些托比的飼料進去，又裝一些我的數學課本和幾件乾淨的褲子，以及一件背心和一件乾淨的襯衫。然後我下樓打開冰箱，抓了一罐紙盒裝的橘子汁放進書包，和一瓶尚未開封的牛奶。我又從碗櫥拿了兩盒鮮桔汁和兩罐烤豆子、一包奶油小蛋糕放進書包裡，我可以用我的瑞士行軍刀上的開罐器來打開罐子。

這時我在水槽邊看到父親的行動電話和他的皮夾與電話簿，我立即感覺我衣服底下的皮膚……就像《四個簽名》中，華生醫生在諾伍得的巴托羅繆・修爾托家屋頂上看見安達曼島民東迦的小腳印一樣，冒出雞皮疙瘩，因爲我以爲父親回來了，現在就在屋子裡。於是我頭疼得更厲害了。但我在腦子裡倒帶，回憶先前的畫面，知道他的車並沒有停在屋外，所以他肯定是在匆忙離家時，忘了帶走他的行動電話與皮夾與電話簿。於是我拿起他的皮夾，取出他的銀行提款卡，這樣我就可以去領錢了，因爲提款卡都有設定密碼，你要輸入密碼才能從銀行的提款機領錢。父親沒有把他的密碼寫下放在安全的地方，但他曾經告訴過我，因爲他說我不會忘記。他的密碼是三五五八。我把提款卡放進我的口袋裡。

我把托比從籠子裡拿出來，放進我的外套口袋內，因爲籠子很重，不方便一路拎到倫敦。然後我走出廚房，來到花園。

我穿過花園的門，確定都沒有人在附近之後才開始往學校的方向走，那是我唯一知道的方向，等我到了學校，我可以問雪倫火車站在哪裡。

如果我往學校方向走，按理說我會越來越恐懼才對，因爲我從來沒有這樣做過，但我害怕的事有二樁，一是怕遠離我平常熟悉的地方，一是怕接近父親居住的地方，兩種恐懼的比重相當，所以我離家越遠與離父親越遠的恐懼總量維持不變如下：

恐懼（總量）＝恐懼（新地方）×恐懼（接近父親）＝維持不變

從我家坐巴士到學校要十九分鐘，但我走路花了四十七分鐘，所以當我抵達學校時，我已經非常疲憊，我很希望能在學校休息一會，吃點餅乾和橘子汁後再去火車站。但我不能，因爲當我走到學校時，我發現父親的貨車停在學校外面的停車場內，我知道那是他的貨車，因爲車身上漆著「愛德華．勃恩暖氣保養與鍋爐維修」幾個字，還有交叉的扳手圖樣：

見到貨車的那一刹那，我又開始感到不舒服。但這次我知道我快要嘔吐了，所以我沒有吐在自己身上，而是吐在牆上和人行道上，而且吐出來的穢物不多，因爲我沒吃什麼東西。往常我嘔吐的時候，我都會蜷縮在地上呻吟，但我知道如果我蜷縮在地上呻吟，父親出來一定會看到我，把我抓回家。因此我用力吸了幾口氣，像雪倫教我的那樣，她說假如我在學校挨打了，我就這樣做。我還數了五十下呼吸，並且全神貫注在數字上，一面唸出它們的立次方，疼痛才減輕一點。

我把嘴巴內的嘔吐物清乾淨，決定自己想辦法去火車站。我可以問路人，找一位女士來問，因爲學校教我們有關「危險的陌生人」時說過，假如有男性找上你、和你說話，而你感到害怕，這時你就應該大聲呼叫，並且向女士求救，因爲女士比較安全。

於是我取出我的瑞士行軍刀，將鋸刀彈出，一手緊握，藏在沒有放托比的口袋裡，以防壞人抓住我時，我便可以刺向他們。這時我看見馬路對面有位女士推著嬰兒車，車中有個小嬰兒，旁邊還有一個手上拿著一個玩具大象的小男孩，我決定向她問路。我先朝左右看了又看，免得被路過的汽車撞到，這才橫過馬路。

我對那位女士說：「哪裡可以買到地圖？」

她說：「對不起。你說什麼？」

我說：「哪裡可以買到地圖？」我可以感覺我握著刀子的手在顫抖，雖然我並沒有在抖動那隻手。

她說：「派屈克，把那個東西放下來，髒髒。哪裡的地圖？」

我說：「這裡的地圖。」

她說：「我不知道。」又說：「你要去哪裡？」

我說：「我要去火車站。」

她笑起來說：「去火車站不需要地圖。」

我說：「我需要，我不知道火車站在哪裡。」

她說：「你從這裡就看得到。」

我說：「我看不到，我還想知道哪裡有提款機。」

她伸手指著，說：「那裡，那棟建築，屋頂上有『Signal Point』招牌的那一棟，它的另一邊就有英國鐵路局的招牌，火車站就在那棟建築的地下室。派屈克，我說過了，我已經對你說過幾百遍了，不要撿地上的東西吃。」

我往前看，果然有一棟建築物的屋頂上有招牌，但是距離很遠，看不清招牌上的字。我說：「妳是指那棟有一排一排窗戶的長條建築？」

她說：「正是。」

我說：「要怎樣才能到那裡？」

她說：「戈登班奈特，」然後又說：「跟著那輛巴士。」她指著剛剛開過的巴士。

我拔腿就跑，但巴士開得很快，而且我必須留意托比不讓牠從口袋內掉出來。但我還是跟在巴士後面跑了很長一段路，越過六條橫街，直到它轉彎失去蹤影，再也看不見。

我停下腳步，因爲我呼吸急促，兩腿酸痛。我發現我站在一條有許多商店的街道上，我想起我曾經和母親一起出來購物時來過這條街，街上有許多人在買東西，可是我不希望他們碰到我，所以我走在馬路邊上。我也不喜歡太多人靠近我，更不喜歡那些噪音，因爲它們會在我的腦子裡灌進太多資訊，使我無法思考，彷彿我的腦子裡充滿大聲囂叫的聲音。於是我用雙手掩住耳朵，無聲地呻吟。

這時我注意到那位女士指給我看的  記號，於是我跟著那個記號走。

不久，那個  記號消失了，我又忘了剛才來的方向，於是我開始恐慌，因爲我迷路了。通常我會在腦子裡畫出一個地圖，跟著地圖走，然後我會在地圖上畫出一個小叉叉，標示我的位置。但現在我的腦子裡有太多干擾的因素，造成我的迷惑，於是我走到一家蔬果店，那裡有一箱箱的胡蘿蔔、洋蔥、荷蘭防風草和花椰菜，我在商店外綠白相間的遮雨棚下站定，開始擬訂計畫。

我知道火車站近在咫尺，假如你想尋找某個近在咫尺的東西，你可以以螺旋狀的方式移動，以順時針的方向在每一個轉角的地方右轉，直到你回到剛才走過的地方，這時你再改爲左轉，然後又在每一個轉角的地方右轉，依此類推如圖所示（但這是假想圖，並非史雲登的地圖）：

我就是以這個方法找到火車站。我專心一意遵循這個法則，一邊走一邊在腦子裡畫出一張城區地圖，這樣也比較容易忽略其他人和四周的噪音。

我終於走進火車站。

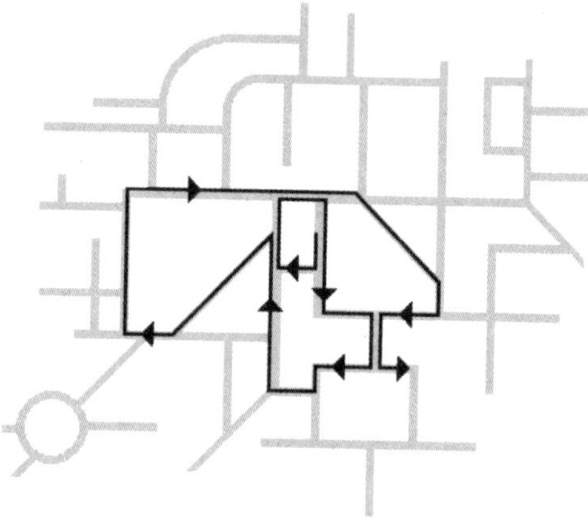

181

我對事情觀察入微。

這是爲什麼我不喜歡新環境的原因。如果我在一個熟悉的地方，好比家裡、或學校、或巴士、或商店、或街上，視線所及幾乎都是以前看過的東西，我只要注意一些改變過的、或更動過的地方就行了。舉例來說，有一個禮拜，學校教室內的「莎士比亞的世界」海報曾經掉下來過，你看得出來，因爲它雖然被貼回去了，但是略微歪向右邊，而且海報左下方的牆上也有三個小小的圖釘印子。還有，第二天有人在我們那條街的四百三十七號路燈燈柱上塗鴉，那根路燈就站在三十五號的門外。

不過大部分人都很懶，他們從不仔細觀察，他們只是「瞥」一眼，意思和擦身而過差不多，有點類似一顆撞球和另一顆撞球擦撞而過一樣，他們腦子裡的訊息也很簡單，譬如，假如他們身在郊外，那情況也許是：

一、我站在一片茂密的草原上。
二、草原上有幾頭乳牛。
三、陽光普照，天上有幾絲微雲。
四、草原上有星星點點的野花。
五、遠處有一座村莊。
六、草原邊上有座圍籬，圍籬上有一扇門。

然後他們就不再注意其他細節了，因爲他們很可能會想些別的，例如「啊，這裡眞漂亮」，或者「我好像忘了關瓦斯爐」，或者「不知茱麗生了沒？」⓬

但假如是我站在郊外，我會注意到一切鉅細靡遺的細節，例如，我記得一九九四年六月十五日星期三那天站在郊外的田野上，那天父親、母親和我一起開車到多佛搭乘渡輪去法國，車行路線是父親所謂的「風景路線」，意思是走鄉間小路，然後在一個公共花園停下來吃午餐。途

⓬這是千眞萬確的，我問過雪倫，人們看到東西時都作何想法，她就這樣回答我。

中我要求停車尿尿，我走到田野中，那裡有幾頭乳牛，事後我停下來欣賞風景，注意到以下幾件事：

一、草原中有十九頭乳牛，其中十五頭是黑白相間，四頭是白褐相間。

二、遠處有一座村莊，清晰可見三十一棟房屋和一座教堂，教堂的塔樓是方形，不是尖的。

三、原野中有田壟，這表示中古時期這裡是所謂的犁田，住在村子裡的居民家家戶戶都有一塊農田。

四、樹籬間有一個舊的阿士達超市塑膠袋，還有一個壓扁的可口可樂罐，上面爬著一隻蝸牛，另外還有一長條橘色的繩子。

五、田園的西北角地勢最高，西南角地勢最低（我有一個羅盤，因爲我們是出去度假的，而且我希望到了法國以後知道史雲登在哪個方向），田園就沿著這兩個方位之間的連線略略向下折疊，因此，假如這片田園地勢平坦，那麼西北角和東南角就會顯得略低。

六、我發現這裡有三種不同種類的青草，和兩種不同顏色的野花。

七、大多數乳牛都面向上坡的地方。

除此之外，我還注意到另外三十一個小細節，但雪倫說我不需要把它們全部寫出來。換句話說，如果我到了一個全新的環境，我會感到非常疲倦，因爲我觀察入微，假如有人事後叫我說說那些乳牛長什麼樣，我會問他指的是哪一頭，我還可以在家中把那頭乳牛畫出來，告訴他某一頭乳牛身上的花紋是這樣的

我在第十三章的地方撒了個謊，我說「我不懂笑話」，其實我懂三個笑話，其中一個是有關乳牛的笑話。雪倫說我不用回頭去改十三章那句話，因爲它不算撒謊，我只要「澄清」一下就好了，沒關係。

這個笑話是這樣的。

有三個人同在一列火車上，一個是經濟學家，一個是邏輯學家，另外一個是數學家。火車剛剛越過蘇格蘭邊境（我不知道他們爲什麼要去蘇格蘭），三人從車窗望出去，看見田園中有一頭棕色的乳牛（乳牛站立的方向與火車平行）。

經濟學家說：「看，蘇格蘭的乳牛是棕色的。」

邏輯學家說：「不，蘇格蘭有乳牛，其中至少有一頭是棕色的。」

數學家說：「不，蘇格蘭至少有一頭乳牛有一邊是棕色的。」

這個笑話很有意思，因爲經濟學家不是眞正的科學家，邏輯學家的思慮比較清晰，但數學家說得最好。

我每到一個新環境，因爲看得很仔細，就會像一台電腦同時做太多事一樣，導致中央處理器塞爆了，再沒有其他空間想別的事。加上到了一個新環境，又有許多人在場，情勢會變得更加困難，因爲人不像乳牛或花草，他們會找你說話，做出令你始料未及的事，所以你必須隨時眼觀四面、耳聽八方，注意任何其他可能發生的事件。有時我在一個陌生環境，又有許多人在場的情況下，我會出現電腦當機的現象，迫使我不得不閉上眼睛、掩住耳朵呻吟，就好像同時按住「Ctrl＋Alt＋Del」三個鍵一樣，把正在執行中的程式關掉，使電腦關機之後再重新啓動，這樣才能記得當時要做的事，以及我要去的地方。

這也是爲什麼我擅長下棋、數學與邏輯的原因，因爲大多數人都是盲目的，他們看不清事實眞相，他們的腦子裡雖然有不少多餘的空間，裝的卻是毫不相干而且毫無意義的東西，好比「我好像忘了關瓦斯爐」這種事。

191

我的玩具火車組中有一間小房子，裡面有兩個房間，由一條通道隔開，其中一間是發售車票的售票處，另一間是等候火車的候車室，但史雲登的火車站不是這樣，它由一條地下通道和幾段階梯、一家商店、一家咖啡屋，和一間候車室組成，如這般：

但這也不是非常精確的車站示意圖，因爲我太慌張了，沒法子細細觀察，這只是就我記憶所及約略畫出的「概略圖」。

那種感覺就像迎著強風站在危崖一樣，令

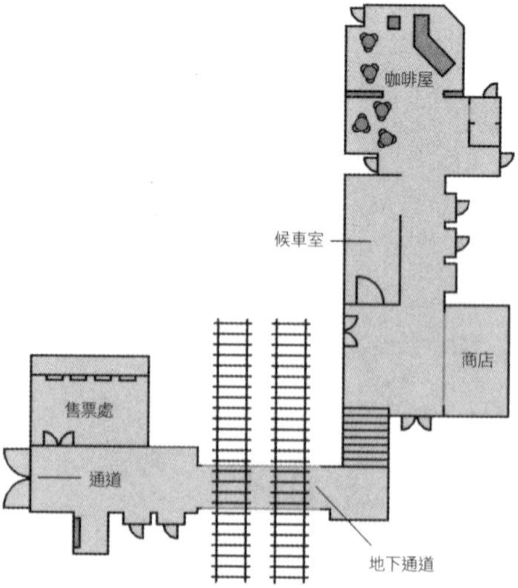

人頭暈目眩、搖搖欲墜。大批人潮進出地下通道，回音嗡嗡，而且只有一個入口直接通往地下，通道內還有廁所的尿騷味和菸味，令人作嘔。我緊貼著牆壁，手上緊緊抓住一塊告示牌的邊緣，以免跌倒而趴在地上。告示牌上寫著「尋找停車場的旅客，請利用對面售票口右側的電話尋求協助。」我好想回家，又不敢回家。我想擬定下一步計畫，但眼前要看、要聽的東西太多了。

於是我用雙手掩住耳朵遮擋噪音，費力思索。我想到我必須留在車站搭火車，我還必須找個地方坐下，但車站門口附近無處可坐，我必須走下地下通道。所以我對自己說——在我的腦子裡，沒有大聲說出口——「我要下地道，那裡或許會有地方讓我坐下來閉上眼睛想一想。」我集中精神看著地道盡頭的一塊牌子走下去，那塊牌子寫著「警告：閉路電視作業中」，那種感覺彷彿甫離開危崖又走在高空繩索上。

總算走到地道盡頭，盡頭處有階梯。我走上階梯，上面依然人潮擁擠，我忍不住呻吟。階梯盡頭有一家商店和一個房間，房間內有椅子，但裡面也是人滿爲患，於是我從它面前走過去。我在這裡又看見一些招牌，上面寫著「大西部」、「各式冰啤酒與淡啤酒」、「小心地滑」、「捐出五十便士，救救早產兒」、「變裝旅行」、「與衆不同的清新」、「美味、濃郁、只要一・三英鎊的豪華版熱巧克力」、「０８７０　７７７　７６７６」、「檸檬樹」，以及「禁止吸菸」和「各式美味茶」。旁邊有幾張小桌子和椅子，角落裡有一張桌子是空的，我在它旁邊的一張椅子坐下，閉上眼睛。我把手伸進外套口袋，托比爬進我的手掌心，我從袋子裡掏出兩粒飼料餵牠，另一隻手握著瑞士行軍刀。我用呻吟來遮蓋噪音，因爲我的兩隻手都沒得閒，無法掩住耳朵。但我的呻吟聲不大，不致使其他人聽到而過來找我說話。

如此我才能靜下來想下一步，但我還是無法思考，因爲我的腦子裡裝滿其他雜念，所以我作數學遊戲讓自己的腦子清醒一點。

我所作的數學遊戲叫「捍衛軍棋」。這個遊戲需要一副棋盤，下棋時可以往各個方向無限延伸，在中線下方是有色的小方格如下：

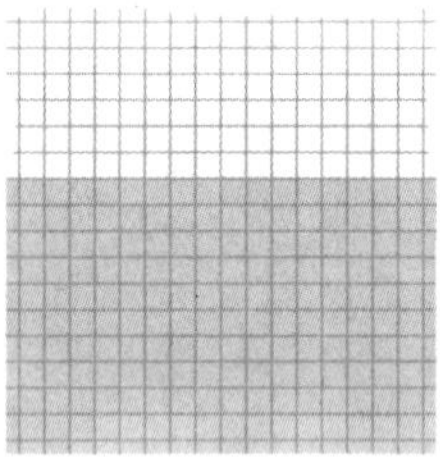

你可以移動一個有色方格，但必須以水平或垂直方向（但是不能斜角移動）跳過一個有色方格，停在一個空格以外的位置上。同時你每移出一個有色方格，就必須移動另一個有色方格回到你剛才跳出的位置，像這樣：

你必須留意有色方格超越水平起跳線的距離。開始玩時要這樣：

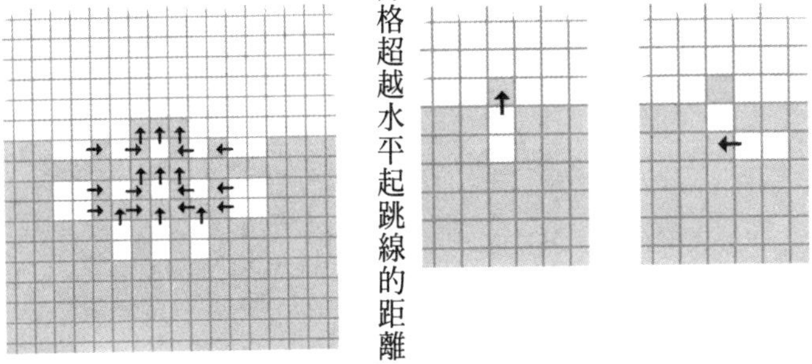

然後變成這樣：

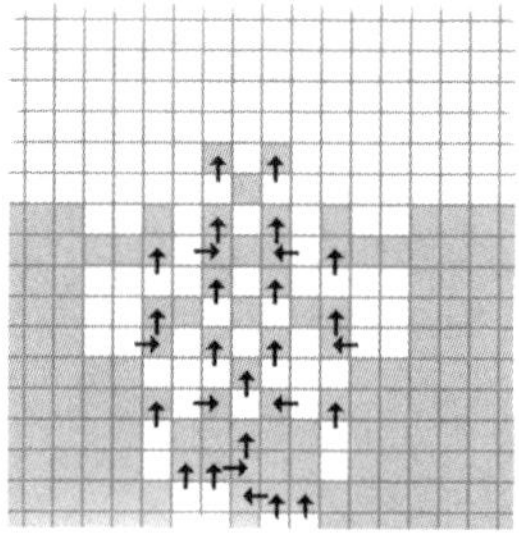

其實我早就知道答案了，因爲無論你如何移動有色方格，你都不能跳到離開水平起跳線四個空格以外的地方，但這是當你不願想其他事時，一個可以讓你動動腦的很好的數學題，你可以隨自己的意把它作得越大越複雜。

結果我把它作成這樣：

我抬頭，發現一名警察站在我面前，對我說：「你家有人嗎？」我不懂他的意思。

他又說：「你好嗎，年輕人？」

我看著他，想了一下該如何正確的回答，然後我說：「不好。」

他說：「你看起來有點狼狽。」

他的手指上戴著一枚金戒指，上面刻有花體文，但我看不清字母。

他說：「咖啡吧的小姐說你在這裡坐了兩個半小時了，她想跟你說話，你卻不理不睬。」

他又說：「你叫什麼名字？」

我說：「克里斯多弗・勃恩。」

他說：「你住在哪裡？」

我說：「藍道夫街三十六號。」說完，我感覺好多了，因爲我喜歡警察，而且這些都是容易回答的問題。我甚至猶豫著要不要告訴他父親殺了威靈頓，並問他要不要逮捕父親。

他說：「你在這裡做什麼？」

我說：「我需要坐下來，安靜的想一想。」

他說：「好吧，咱們簡單一點說，你在火車站做什麼？」

我說：「我要去找母親。」

他說：「母親？」

我說：「是的，母親。」

他說：「你坐幾點的火車？」

我說：「我不知道，她住在倫敦，我不知道幾點有車去倫敦。」

他說：「那麼，你沒有和你母親住在一起？」

我說：「沒有，但我現在要去。」

他在我旁邊坐下，說：「原來如此，你母親住在哪裡？」

我說：「倫敦。」

他說：「是，但倫敦的哪裡？」

我說：「倫敦西北二區5NG查特路四百五十一號C座。」

他說：「我的天，那是什麼？」

我低頭一看，說：「那是我的寵物鼠托比。」托比正從我的口袋探頭出來看警察。

警察說：「寵物鼠？」

我說：「是的，寵物鼠，牠很乾淨，而且牠沒有病原菌。」

警察說：「那就令人放心了。」

我說：「是的。」

他說：「你買票了嗎？」

我說：「沒有。」

他說：「你有錢買票嗎？」

我說：「沒有。」

他說：「那你要如何去倫敦？」

我不知道如何回答，因爲我口袋內有父親的提款卡，而偷竊是違法的行爲，但他是警察，我必須對他誠實，於是我說：「我有一張提款卡。」我從口袋掏出提款卡給他看，這是一句善意的謊言。

但警察說：「這是你的卡嗎？」

我以爲他要逮捕我了，我說：「不，是父親的。」

他說：「父親的？」

我說：「是的，父親的。」

他說：「很好。」他慢吞吞的說著，一面用拇指和食指捏捏鼻頭。

我說：「他有告訴我密碼。」這又是另一句善意的謊言。

他說：「要不要我們倆一起走到提款機那邊，嗄？」

我說：「你不可以碰我。」

他說：「我爲什麼要碰你？」

我說：「我不知道。」

他說：「我也不知道。」

我說：「我曾經因爲打警察而被記警告，但我不是有意要傷害他，可是假如我再犯，我的麻煩就更大了。」

他看著我，說：「你是當眞的，是嗎？」

我說：「是的。」

他說：「你帶路。」

我說：「去哪？」

他說：「回售票口。」他用大拇指指著方向。

於是我們又走回地下通道，但這次不那麼恐怖了，因爲有警察陪伴我。

我把提款卡放進提款機內，就像有時父親和我一起購物時，他讓我做的那樣。提款機出現「輸入密碼」字樣，我輸入「３５５８」後按「確認」，機器發出聲音說「請輸入提款金額」，這時出現幾個選擇

←十英鎊	20英鎊→
←五十英鎊	100英鎊→
	其他金額
	僅限10的倍數→

我問警察：「去倫敦的車票一張多少錢？」

他說：「大概二十。」

我說：「英鎊嗎？」

他說：「我的天。」說著，笑了起來。但我沒笑，我不喜歡人家笑我，即便他是警察也一樣。他立刻止住笑，說：「是的，二十英鎊。」

於是我按五十英鎊，五張十英鎊的紙鈔從機器中吐出來，接著是一張收據。我把鈔票、收據和提款卡收進口袋內。

警察說：「我想我不應該再繼續和你聊天了。」

我說：「我要在哪裡買火車票？」因爲如果你迷路了，需要正確的方向，你可以去問警察。

他說：「你很聰明，不是嗎？」

我說：「我要在哪裡買火車票？」因爲他沒有回答我的問題。

他說：「在那裡。」他指著車站大門另一頭有個大玻璃窗的大房間，又說：「你眞的知道你在做什麼嗎？」

我說：「是的，我要去倫敦和我母親住在一起。」

他說：「你母親那裡有電話嗎？」

我說：「有。」

他說：「你能告訴我電話號碼嗎？」

我說：「可以，電話號碼是〇二〇八—八八七—八九〇七。」

他說：「萬一你遇到麻煩，你要打電話給她，好嗎？」

我說：「好。」我知道有錢就可以從電話亭打電話，現在我有錢了。

他說：「很好。」

我走進售票處，再回頭去看，發現警察仍在看著我，這讓我覺得有安全感。大房間內有個長長的桌子，桌子前面開了一扇窗，有個男人站在窗前，窗子後面坐著一個人，我對窗子後面的人說：「我要去倫敦。」

站在窗前的男人說：「對不起。」便轉身背對著我，窗子後面的男人給他一小張紙讓他簽名，他簽名後又把它從窗口下方推進去，窗後的男人便交給他一張車票。站在窗前的男人看著我，說：「看什麼看？」便走開了。

那個人有著一頭打結的頭髮，有些黑人也有那樣的頭髮，但這個人是白人。打結的頭髮就是從來不洗頭，頭髮變成一堆舊繩子一樣髒兮兮的模樣。他還穿了一條紅長褲，上面有一些星星。我一隻手緊握我的瑞士行軍刀，以防他碰我。

這時沒有人在窗前了，我便對窗子後面的人說：「我要去倫敦。」我和警察在一起時一點也不怕，但我回頭去看，警察已經走了，我又開始害怕起來，於是我試著假裝我在玩電腦遊戲，那個遊戲叫「開往倫敦的火車」，和「迷霧之島」或「最後關頭」，你必須解決許多問題才能走到下一步，而且我可以隨時把它關掉。

坐在窗後的那個人說：「單程或來回？」

我說：「單程或來回是什麼意思？」

他說：「你要買單程票，或是來回票？」

我說：「我到那邊後要留在那裡。」

他說：「多久？」

我說：「直到我上大學。」

他說：「那就單程。」又接著說：「十七英鎊。」

我給他五十英鎊，他還我三十英鎊，對我說：「不要把錢弄丟了。」

然後他給我一張小小的黃橘色車票和三英鎊的銅板，我把它們和我的瑞士刀放在一起。我雖然不喜歡車票上有一半黃顏色，但仍不得不把它收好，因爲那是我的火車票。

他接著說：「請你讓開櫃臺。」

我說：「往倫敦的火車是幾點？」

他看看他的手錶，說：「第一月台，五分鐘後。」

我說：「第一月台在哪裡？」

他指給我看，說：「穿過地下道再上樓，你就會看到標示。」

地下道就是地下通道，我看到他指的方向。我走出售票處，但這裡完全不像電腦遊戲了，因爲我已經置身其中，四面八方觸目所及的標示彷彿在我腦中大聲叫囂。有個人從我旁邊經過時撞到我，我只好發出狗狺似的聲音驅趕他們。

我假裝地上畫了一條巨大的紅線，從我的腳底下一直穿過地下道。我開始沿著紅線走，一面在口中唸著：「左、右、左、右、左、右……」有時我在害怕或生氣時，如果能找到一種規律的節奏，好比音樂或鼓聲，對我會有幫助。這是雪倫教我的。

我走出地下道，看到一個指標寫著「→第一月台」，這個「→」指著一扇玻璃門，所以我走到玻璃門內。這時又有一個拎著手提箱的人撞到我，我又發出狗狺的聲音，旁邊的人說：「走路看好。」但我假裝他們是「開往倫敦的火車」裡的惡魔守衛。月台上有一列火車，我看到一個男人手上拿著一份報紙和一袋高爾夫球桿，向列車的門靠近，然後他往旁邊一個巨大的按鈕一按，電動門便開了。我看了很喜歡。一會兒後門又在他身後關上。

我看看手錶，打從我買票後，三分鐘過去了，這表示火車即將在兩分鐘後出發。

於是我也靠近車門，按下按鈕，門自動打開，我走進車廂。

我坐上開往倫敦的火車了。

193

過去我在玩我的玩具火車組時，曾經製作了一張火車時刻表，因爲我喜歡火車時刻表。而我喜歡時刻表的原因是，我喜歡知道每件事發生的確切時間。

以下是我和父親住在一起時的每日作息時間表，那時我以爲母親死於突發性心臟病（這是星期一的時間表，也是約略的時間表）。

七點二十分：起床
七點二十五分：刷牙洗臉
七點三十分：餵托比食物和水
七點四十分：吃早餐
八點整：穿上校服

三點三十分：搭校車回家
三點四十九分：在家門口下車
三點五十分：喝果汁、吃點心
三點五十五分：餵托比食物和水
四點整：把托比從籠子裡放出來

八點五分：收拾書包
八點十分：看書或看錄影帶
八點三十二分：搭校車上學
八點四十三分：校車經過水族館
八點五十一分：抵達學校
九點整：學校集會
九點十五分：早上第一節課
十點三十分：下課
十點五十分：上皮太太的美勞課⓭
十二點三十分：吃午餐
下午一點整：下午第一節課
下午兩點十五分：下午第二節課

四點十八分：把托比放進籠子裡
四點二十分：看電視或錄影帶
五點整：讀書
六點整：喝茶
六點三十分：看電視或錄影帶
七點整：作數學練習題
八點整：洗澡
八點十五分：換睡衣
八點二十分：玩電腦遊戲
九點整：看電視或錄影帶
九點二十分：喝果汁、吃點心
九點三十分：上床睡覺

⓭我們在美勞課中作美術勞作，但在早上第一節課和下午第一節課與第二節課時，我們做了許多不同的事，譬如：閱讀、考試、社交技巧、照顧動物、週末作什麼、寫作、數學、危險的陌生人、金錢、以及個人衛生等學習課程。

每個週末我都自訂作息時間表，寫在一張紙上，貼在牆上。寫的多半是「餵托比」，或「作數學」，或「去商店買糖果」之類的事。這也是我不喜歡法國的原因之一，因爲人們在度假的時候都不會訂時間表，我必須請母親和父親每天早上預告當天的活動，我才不會那麼難過。

時間和空間不一樣，當你把某個東西放在某個地方時，好比一個量角器或一片餅乾，你的腦子裡就會出現一個地圖，告訴自己你把它放在哪裡，但就算沒有地圖，它們也還是在那裡，因爲這個地圖只是這些實質存在的東西的一個代表，爲的是方便你再度找到量角器或餅乾。但時間表是時間的地圖，少了時間表，時間就不能像樓梯口、像花園、像去學校的路徑一樣實質存在。因爲時間只是不同的事物變換之間的關係，就像地球繞著太陽轉，原子的振動，鐘錶滴答響，晝夜更替，以及醒來與睡覺。它就像西方，或北北東一樣，當地球毀滅成爲太陽的一部份時，它也不存在了，因爲它只是北極和南極和其他地方之間的一種依存關係，好比摩加迪修和桑德蘭和坎培拉之間的關係一樣。

同時它也不是一種固定的關係，像我們的房子與席太太的房子，或七與八百六十五之間的關係那樣。它完全視你與某個特定點建立關係的快慢而定，假如你以光的速度乘坐太空船旅行，當你重返故里時，你可能發現你的家人早已謝世了，而你依然年輕，雖然你已進入未來，但你的鐘錶卻告訴你你才離開幾天或幾個月而已。

而且，因爲光速快於一切，這表示我們只知道宇宙間發生的一點吉光片羽，像這樣

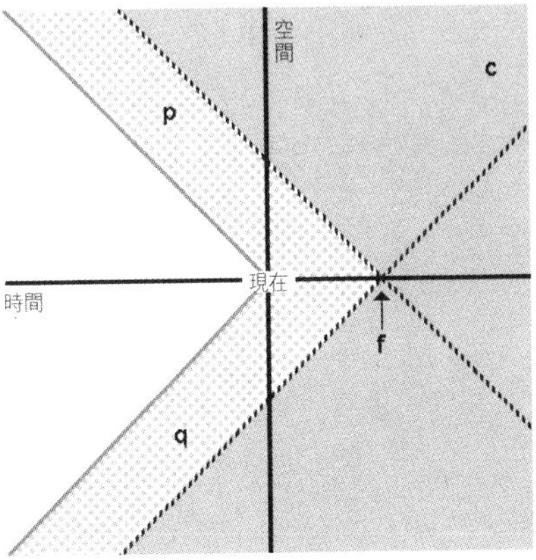

這個圖顯示一切事與一切地，未來在右側，過去在左側，斜線C是光速。我們無法知道灰色部分發生的事，即使其中有些事已經發生，但是當我們到了F點時，我們便可以知道在網點地區P與Q所發生的事。

這表示時間是一種奇妙的東西，不是一個實體，沒有人能確切解開時間這個奧妙的謎團。

因此，假如你迷失在時間中，那就像迷失在沙漠中一樣，只不過你看不到這片沙漠，因爲它不是一個實體。

這是我喜歡時間表的原因，因爲它能確保你不至於迷失在時間裡。

197

火車上坐滿了人，我不喜歡，因爲我不喜歡看到許多我不認識的人，我更討厭和一大群我不認識的人待在一個房間裡。火車車廂就像一個房間，當它在移動時，你是不可能離開它的。它還讓我想起有一天我坐母親的車回家那件事。那天因爲校車故障，母親到學校來接我，皮太太便問母親能不能也帶傑克和波麗回家，因爲他們的母親不能來接他們。母親答應了。但我上車後便開始尖叫，因爲車上太擠了，何況傑克和波麗又不和我同班，而且傑克看到任何東西都要拿頭去撞，又發出野獸般的聲音。我想逃下車，但車子還在行駛，結果我摔出車外跌在路上，頭上縫了好幾針，他們還把我的頭髮剃掉，直到三個月以後才長回原來的模樣。

所以這次我靜靜的站在車廂內不敢動彈。

這時我聽到有人在叫：「克里斯多弗。」

我還以爲是我認識的人，好比學校的老師或住在我們那條街上的人，但都不是。是剛才那個警察。他說：「正好趕上。」他氣喘吁吁，兩手撐著膝蓋吐氣。

我沒作聲。

他說：「我們找到你父親了，他現在警察局。」

我以爲他會說父親是因爲殺了威靈頓而被他們逮捕，但他沒有，他說：「他正在找你。」

我說：「我知道。」

他說：「那你爲什麼要去倫敦？」

我說：「因爲我要去和母親住在一起。」

他說：「我想你父親對這件事可能有點意見。」

我以爲他要把我帶回去交給父親了，這是一件可怕的事，因爲他是警察，警察應該是個好人才對。於是我轉身想跑，但是被他抓住了。我尖叫起來，他立刻放手。

他說：「好吧，我們不要在這裡鬧得太過火。」又說：「我要帶你回警察局，你和我和你父親可以坐下來談談誰應該去哪裡的問題。」

我說：「我要去和母親住，住在倫敦。」

他說：「還不行，不行。」

我說：「你有逮捕父親嗎？」

他說：「逮捕他？爲什麼？」

我說：「他殺死一隻狗，用園藝的鐵叉，那隻狗叫威靈頓。」

警察說：「眞的嗎？」

我說：「眞的。」

他說：「那好，我們也可以談談這件事。」又接著說：「好了，小伙子，你今天冒的險夠多了。」

他又伸手來碰我，我又尖叫起來，他說：「聽我說，你這個小猴崽子，你是要聽我的話，還是要逼我來……」

話沒說完，火車動了一下，開始移動。

警察說：「幹。」

他抬頭望著車廂的天花板，雙手遮著嘴巴像在向上天禱告一樣，對著手掌心用力吹氣，發出哨音般的聲音，但火車依舊顫動，他只好停止，一手抓住從天花板垂掛下來的吊環。

然後他說：「不要動。」

他掏出他的對講機，按下一個按鈕，說：「羅伯……？是的，是奈傑爾，我被困在火車上了。對，還沒……喂，迪卡公園大道有一站，你能不能找個人開車過去和我會合……好極了，跟他老子說一聲我們找到他了，不過要等一會兒，好嗎？好極了。」

他關掉他的對講機，說：「我們來找個位子坐下吧。」他指著旁邊兩個面對面的長座位，說：「坐下吧，不要耍花樣。」

坐在那兩個位子上的乘客紛紛起身走開，因爲他是警察。於是我們面對面坐下。

他說：「你眞難搞，眞是的。」

我在心裡暗想，不知道這位警察會不會幫我找到倫敦西北二區5NG查特路四百五十一號C座。

我望著窗外，火車正行經一些工廠和堆滿破舊車輛的廢車場。一塊泥地上蹲坐著四間活動房屋，還有兩隻狗，和一些晾在戶外的衣服。

窗外的風景宛如一張地圖，只不過它是立體的，又是實體大小的，因爲它就是地圖上所畫的東西。由於眼前的東西太繁複，令我頭痛，於是我閉上眼睛，但不久又睜開了，因爲我有在飛的感覺，不過是貼近地面在飛。我喜歡飛行。一會兒後火車進入郊區，我看見田園、牛馬、橋樑、一座農場，還有更多房屋和許多車輛行進的小路。這個景象讓我想到這個世上有數百萬哩長的鐵軌，鐵軌行經多少房屋與道路和河流與農田。它又讓我想到這個世上有多少人口，人人都有房屋，有道路讓他們行走，還有汽車、寵物、衣服，每個人都要吃午飯、上床睡覺，個個有他們的名字。想到這裡，我的頭又痛了。我再度閉上眼睛數數，並發出呻吟。

我再睜開眼睛時，警察正在看一份叫《太陽報》的報紙，報紙頭版上有一則標題說「安德森三百萬英鎊應召女醜聞」，上面還有一張男人的照片，和一張只穿胸罩的女人照片。

我在腦子裡心算數學習題，用以下的公式解析一元二次方程式：

$$x = \frac{-b \pm \sqrt{(b^2 - 4ac)}}{2a}$$

然後我想上廁所，可是我在火車上，而且我不知道我們還要多久才能抵達倫敦。想到這裡，我開始恐慌起來，一面用指節敲打玻璃窗幫助打發時間，也幫助我不要去想上廁所的事。我看看錶，等了十七分鐘，等到我非得上廁所時，已是十萬火急，這也是爲什麼我喜歡待在家裡或學校的原因，而且我登上校車以前一定要上廁所，否則我會尿濕一點點在褲子上。

我也不想用車上的馬桶，因爲裡面會有便便，那是我不認識的人的便便，而且是棕色的。可是我不得不去，我的尿太急了。於是我閉著眼睛撒，火車搖晃一下，撒了一些尿在馬桶座上和地板上，但我用衛生紙把自己擦乾淨後也把馬桶沖乾淨。接著我想洗手，但是水龍頭故障，我只好吐一口口水在雙手上，再用衛生紙擦乾淨，然後把衛生紙丟進馬桶內。

我走出廁所，發現廁所對面有兩座架子，上面放著一些箱子和一個帆布背包，它讓我想起家裡的通風碗櫥，我有時會爬進去躲在裡面，覺得很有安全感。於是我爬上中間的架子，又拉來一個箱子當作門把身體擋住。裡面很黑，不但沒有別人，也聽不見別人說話的聲音，我覺得平靜多了，這才安定下來。

我又作了一些二元二次方的方程式，如：

$$0=437X^2+103X+11$$

和

$$0=79X^2+43X+2089$$

我故意放一些很大的係數進去，好讓它變得很難解。

火車速度開始慢下來，有人走過來站在架子旁敲廁所門，這個人便是那個警察，他喚著：「克里斯多弗……？克里斯多弗……？」他打開廁所門，說了一聲「該死」。他距離我很近，我可以看到他掛在腰間的對講機和警棍，我也可以聞到他的刮鬍水味，但他沒看到我，我也沒作聲，因爲我不希望他把我交給父親。

後來他便離開了，用跑的。

火車停下來，我心想不知道是不是倫敦，但我還是不敢動，我不希望警察發現我。

一個穿著繡有毛線蜜蜂和花朵的外套的小姐過來，從我頂上的架子取下背包，見了我，說：

「你要把我嚇死哪。」

我沒作聲。

她又說：「月台上好像有人在找你。」

我還是不作聲。

她說：「那是你的事。」說完就走開了。

緊接著又有三個人走過去，其中之一是個穿白色長衫的黑人，他將一個大包裹擱在我頭上的架子上，但是沒看到我。

火車又繼續上路。

199

人們之所以相信上帝，是因爲這個世界非常錯綜複雜。他們認爲會飛的松鼠，或人類的眼睛，或大腦這樣複雜的東西，根本不可能偶然發生。然而他們應該以邏輯來思考，如果他們能以邏輯來思考，他們就會明白他們之所以能提出這種問題，是因爲這些問題事實上已經發生，並且存在多時。宇宙間有數十億沒有生命的行星，這些行星上當然不會有具有大腦靈性的人來注意到這個問題。好比假設地球上每個人都來擲銅板，結果總會有人連續擲到五千六百九十八次正面，這時他們一定會覺得自己非比尋常。其實不然，因爲沒有擲到五千六百九十八次正面的人有數以百萬計。

再說地球上之所以有生命是偶然的，但這是個非比尋常的偶然。要使這個偶然以如此非比尋常的方式發生，必須具備三個條件，這三個條件是：

一、這些東西必須要能夠自行拷貝（這就叫複製）。
二、複製的過程中必須發生一點錯誤（這就叫突變）。
三、這些錯誤必須同樣出現在它們的拷貝上（這就叫遺傳）。

這三個條件都非常罕見，但不無可能，而且它還能夠孕育生命。同時它的發生是偶然的，卻又未必只出現在犀牛和人類和鯨魚身上，任何物體都有可能。

舉例來說，有人說一個眼睛怎麼可能偶然發生？因爲即使是一個眼睛也必須從其他非常類似眼睛的東西進化而來。那麼半個眼睛有什麼用處？半個眼睛也是有它的功能的，因爲半個眼睛意味著動物也能看到一半那個想吃牠的動物而迅速脫身，何況牠還能吃掉那些只有三分之一個眼睛、或只有百分之四十九個眼睛的動物，因爲這些動物的動作沒有牠快，被吃的動物也不可能有後代，因爲牠已經死了。

那些相信上帝的人認爲，上帝把人類放在地球上是因爲人類比動物更高一等，事實上人類不過是動物的一種，他們終有一天也會演化成另一種動物，那種動物比人類更聰明，最後甚至也把人類關進動物園，就像我們把黑猩猩和大猩猩關進動物園一樣。或者，人類終將染上一種疾病而滅絕，再不然就是製造太多污染而消滅了自己，那時地球上就只剩下昆蟲一族成爲地球上最優秀的動物。

211

我猶疑著是否應該下車，因爲火車即將在倫敦靠站了。我很害怕，萬一火車又開往別的地方，我可半個認識的人也沒有。

有人過來上廁所，不一會兒又出去了，不過他們都沒看到我。我聞到便便的味道，那種味道和我進廁所時聞到的味道不同。

我閉上眼睛，在腦中解了一些數學題，免得胡思亂想。

火車又停下來，我想爬出架子回去拿我的書包下車，但我又不想被警察看見把我交給父親，所以我仍舊躲在架子上不敢動，這次沒有人看到我。

我想起學校教室牆上有一張地圖，那是一張英格蘭與蘇格蘭與威爾斯的地圖，上面標示著所有大大小小的城鎮，我在腦子裡回憶史雲登和倫敦的地理位置，它是這樣的：

我從火車開動後就不斷注意著時間，當時是中午十二點五十九分，第一站的靠站時間是下午一點十六分，也就是十七分鐘以後。現在的時刻是下午一點三十九分，距離上次靠站又過了二十三分鐘。換句話說，火車如果沒有繞一個大彎行駛，我們就會開到海上了，但我不知道它是不是有繞個大彎。

之後火車又停靠了四站，有四個人過來拿走擱在架上的行李，還有兩個人將行李放在架上，但是都沒人來移動擋在我面前的大旅行箱。其間只有一個人看到我，他說：「你眞是怪胎，老兄。」那人穿著西裝。另外陸續又有六個人上廁所，不過我都沒有聞到便便的味道，幸好。

火車又停下來，一位穿黃色防水外套的女士來拿大行李箱，她問我：「你有沒有碰到它？」

我說：「有。」

她就走開了。

隨後又有一個男人站在架子旁，說道：「過來瞧瞧，巴瑞，這裡好像有個火車精靈。」

另外一個男的過來在他身邊站定，說：「咱們倆都喝多了。」

第一個男的說：「我們也許應該餵他吃一點果仁。」

第二個男的說：「你的腦筋秀逗了。」

第一個男的說：「來啊，動一動，你這個笨蛋。我沒醉，我啤酒還沒喝夠呢。」

然後他們也走了。

火車終於眞正安靜下來，一動也不動，我再也沒有聽到任何聲響。於是我決定離開架子，回去拿我的書包，並且看看警察是否還在他的位子上。

我爬下架子，從門上的玻璃看過去，沒見到警察的蹤影，但我的書包也不見了，那裡面有托比的飼料和我的數學課本，還有我的乾淨的內褲、背心、襯衫、橘子汁、牛奶、鮮桔汁、小蛋糕，以及烤豆子。

這時我聽到腳步聲，回頭去看，是另一名警察，不是先前車上那位。我從門口看見他在隔壁車廂，他正在察看椅子底下。我確定我不那麼喜歡警察了，便急忙下車。

當我發現火車進站的地方竟然如此寬敞，我的耳朵又塞滿雜音和回音時，我不由得跪倒在地上，因爲我覺得我快要昏倒了。我跪在地上的時候，一面研究要從哪個方向出去，然後我決定朝火車進站的方向走，因爲這裡是底站，也就是倫敦的方向。

我站起來，想像地上畫了一條粗大的紅線，和火車以及另一頭的大門平行。我走在紅線上，口中唸著：「左、右、左、右……」像以前那樣。

我走到大門口時，一個男的對我說：「好像有人在找你，孩子。」

我說：「誰在找我？」我以爲是母親，也許史雲登那個警察根據我告訴他的電話號碼打電話通知她了。

他說：「警察。」

我說：「我知道。」

他說：「喔，好。」又接著說：「那你在這裡等著，我去叫他們來。」說完，他便走回火車那邊。

我繼續往前走，我感覺我的胸口彷彿還有個汽球在膨脹，悶得發疼。我用雙手捂住耳朵，走到大廳中央一家小店鋪倚著牆站定，牆上寫著幾個字：「飯店與劇院預約，請電：○二○七四○二五一六四」，我的雙手離開耳朵，改用呻吟來阻斷噪音，一面四下張望，仔細看房間內的所有招牌，確認這裡是不是倫敦。以下是這些招牌：

Sweet Pastries **Heathrow Airport Check-In Here** *Bagel Factory* ***EAT excellence and taste*** **YO!** sushi **Stationlink** Buses **W H Smith** MEZZANINE **Heathrow Express** Clinique First Class Lounge FULLERS **easyCar.com** *The Mad Bishop* **and Bear Public House** Fuller's London Pride Dixons **Our Price** Paddington Bear at Paddington Station **Tickets** Taxis **Toilets** First Aid **Eastbourne Terrace** [redacted]**ing-ton** Way Out **Praed Street The Lawn** Q Here Please Upper Crust Sainsbury's **Local** ⓘ **Information** GREAT WESTERN FIRST Ⓟ Position Closed **Closed** Position Closed Sock Shop Fast Ticket Point **Millie's Cookies** Coffee FERGIE TO STAY AT MANCHESTER UNITED **Freshly Baked Cookies and Muffins** Cold Drinks **Penalty Fares** Warning **Savoury Pastries** Platforms 9-14 ***Burger King*** **Fresh Filled!** the reef° café bar **business travel** *special edition* TOP 75 ALBUMS Evening Standard

但是過了幾秒之後，招牌卻變成這樣：

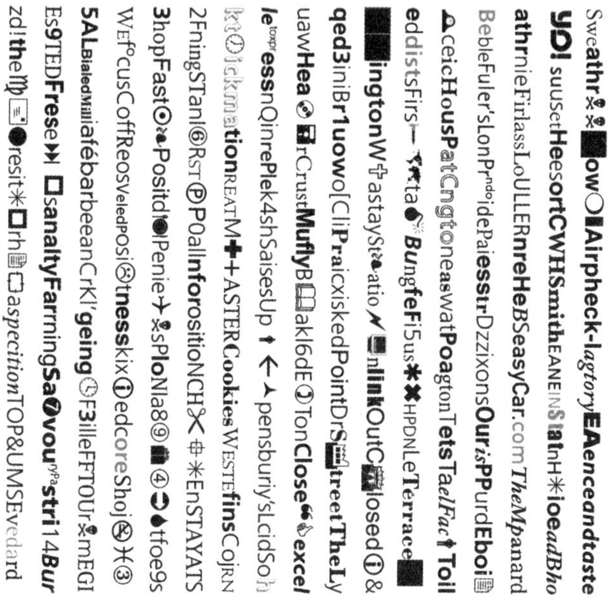

原來是太多了，我的大腦運作失常。我很驚慌，立刻又閉上眼睛，慢慢數到五十，但沒有心算立次方。我站定後，在口袋內打開我的瑞士行軍刀，讓自己多一點安全感，我把小刀緊緊握在手中。

接著我曲起另一隻手的手指做成小筒狀，這才張開眼睛，從小筒望出去，這樣我才能夠一次只看一個招牌。過了很久，我終於看見這樣的一個招牌 ⓘ Information ，這個招牌掛在一家小店鋪的窗口上方。

一個男的向我走來，他穿著藍色上衣和藍色長褲，腳上是一雙棕色皮鞋，他的手上拿著一本書，對我說：「你好像迷路了。」

我掏出我的瑞士行軍刀。

他說：「喔，喔，喔，喔，喔。」並舉起雙手，五指張開成扇狀，彷彿在說他愛我，要我也張開手指碰觸他的手指，不過他舉的是雙手，不像父親和母親只舉一隻手，何況我也不認識他。

他就這樣高舉雙手倒退著走開。

我走到掛著 ⓘ Information 招牌的小店鋪前，我感覺我的心臟在猛烈跳動，我的耳朵聽到海濤般的怒吼。我走到窗口邊說：「這裡是倫敦嗎？」但窗口內沒人。

不久有個人過來坐在窗口後面，是個黑人女士，她留著長長的指甲，漆成粉紅色。我說：

「這裡是倫敦嗎？」

她說：「是的，甜心。」

我說：「這裡是倫敦嗎？」

她說：「沒錯。」

我說：「我要怎樣才能到倫敦西北二區5NG查特路四百五十一號C座？」

她說：「那是什麼地方？」

我說：「倫敦西北二區5NG查特路四百五十一號C座，有時也可以寫成倫敦西北二區5NG威爾斯登查特路四百五十一號C。」

這位女士對我說：「坐地下鐵到威爾斯登接駁站下車，甜心，或者到威爾斯登公園下車也行，更近一點。」

我說：「什麼是地下鐵？」

她說：「你是認真的嗎？」

我沒吭聲。

她說：「那邊，看到那個有電扶梯的大樓梯口沒有？看到那個招牌沒有？上面寫著『地下鐵』，坐貝克魯線到威爾斯登接駁站下車，或者坐朱比利線到威爾斯登公園下車，行嗎，甜心？」

我望向她手指的方向，果然有一個大樓梯口通往地下，樓梯口上方有個這樣的大招牌

地下鐵

我心想我辦得到，因爲一切都很順利，我已經抵達倫敦，就要找到我母親了。我還必須把四周這些人群當作田野中的乳牛，我只消一直看著前方，腦子裡在大廳地上畫一條粗大的紅線，跟著紅線走就行了。

我走過大廳來到電扶梯前。我一手在口袋內緊握著我的瑞士行軍刀，另一手在口袋內抓著托比，免得牠跑掉。

電扶梯和樓梯一樣，只不過它不斷在移動，人們踏上去後便由著它承載上下樓，我看著不禁笑起來，因爲我以前從沒坐過，而且它讓我想起一部有關未來世界的科幻電影。不過我可不想坐它，所以我改走樓梯下去。

地下是一個較小的空間，人很多，還有一些柱子底下的地面上發出藍色的燈光，我很喜歡，但我不喜歡人群，因此當我看到一座快照亭，和我在一九九四年三月二十五日爲了拍護照照片而進去的快照亭一樣時，我立刻躲進去，因爲它很像碗櫥，給人安全感，我可以透過窗簾由內往外看。

我也可以從這裡觀察人群。我看見人們把車票塞進灰色的收票口後走進去，還有一些人從牆上一排巨大的黑色機器買票。

我看到四十七個人做這件事，便把這個動作記下來，然後我想像地上有一條粗大的紅線，我順著紅線走到牆邊，那裡有一張圖表，列出所有停靠站的站名，按字母順序排列的。我找到威爾斯登公園，上面寫著二英鎊二十便士。我走到其中一部機器前面，機器上有個小螢幕出現「**請選擇車票種類**」幾個字，我按下多數人按的按鈕「**成人單程**」，再按「**二英鎊二十便士**」按鈕，螢幕上出現「**請投入二英鎊二十便士**」幾個字，我將三枚一英鎊的銅板塞進投幣口，機器發出喀嚓聲，小螢幕出現「**請取回車票並找錢**」幾個字，機器下方有個小洞，洞內出現一枚五十便士、一枚二十便士、以及一枚十便士的銅板，我把銅板都收進口袋裡，走到灰色收票口，把車票放進小孔內，它立即被吸進去，同時從另一頭送出來。這時有人在我後面說：「走哇。」我發出憤怒的狗狺聲後往前走，這次門打開了，我看著把車票收起來。我喜歡這個灰色的收票口，它也很像科幻電影中未來世界的發明。

接下來我必須弄清楚要往那個方向走。我緊緊貼著牆，免得被人碰到。這裡有「**貝克魯線**」

和「**區間循環線**」，但是沒有那位女士說的「**朱比利線**」，於是我決定搭乘貝克魯線到威爾斯登接駁站下車。

另外這裡還有一個貝克魯線的各個停靠站站牌，它是這樣的：

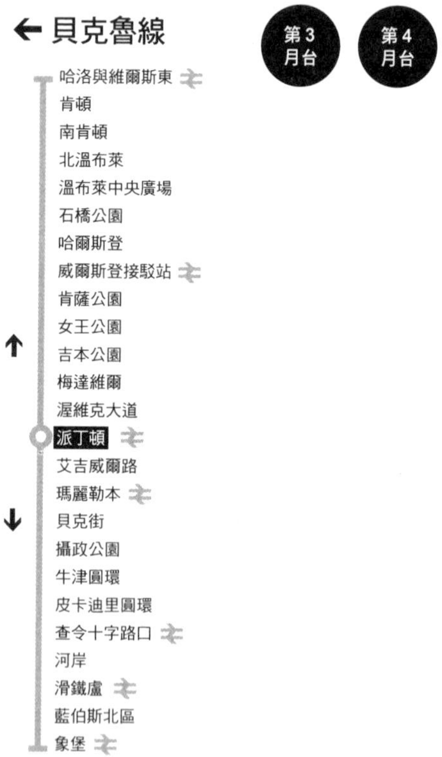

我把所有的停靠站都讀過一遍，找到「**威爾斯登接駁站**」，於是我跟著「↓」箭頭方向走，穿過左邊通道，通道中央有個柵欄，許多人靠左邊筆直走過去，柵欄對面的人則從右邊走過來，好像在馬路上一樣。於是我也依樣畫葫蘆靠左邊走。通道轉個彎往左邊延伸，那裡又有更多的門和一塊寫著「**貝克魯線**」的招牌，還有箭頭指著手扶梯下方，我只好踏上手扶梯下樓，我的手緊緊扶著橡皮扶手，但因扶手也跟著移動，我並沒有跌倒。幾個我不認識的人站得離我很近，我很想揍他們，叫他們走開，但因爲我被警告過，我忍了下來。

到了底下，我趕緊跳下電扶梯，可是顛躓了一下，撞到前面的人，有人立刻喊：「當心點。」前方有兩條路，一條指的是「**北上**」，我選了這一條，因爲威爾斯登在站牌的上半部，而上半部通常是指北部。

不久我來到另外一個車站，這個車站不但小，位在地下，而且只有單線鐵軌，牆壁是圓弧狀，上面有許多大幅廣告，有「**出口**」、「**倫敦交通博物館**」、「**愼選職業**」、「**牙買加**」、「**英國鐵路局**」、「**禁煙**」、「**心動**」、「**心動**」、又一個「**心動**」、「**前往女王公園以後各站的旅客，請搭乘第一列車。需要轉車的旅客，請在女王公園站下車。**」、「**哈墨史密斯與城區線**」、「**比家人更貼心**」等等。小站內人很多，因爲是在地底下，四周不見窗戶，我不喜歡，所以我找了一張長凳，在長凳的一頭坐下來。

又有許多人陸續湧進小站，有個人在長凳的另一頭坐下，是個女的，拿著一只黑色的手提箱，腳上穿著紫色的鞋，襟上別著一枚鸚鵡形狀的別針。人潮不斷湧進來，頓時使一個小小的站台比大站顯得更擁擠，不久，連牆上的廣告視線也被遮住了。有個人的外套背後擦到我的膝蓋，我覺得很噁心，登時大聲呻吟起來，坐在長凳上的女士站起來，但是再沒有別人坐下。我這時候的感覺很像往常感冒生病時，那時我必須整天躺在床上，全身發疼，走不動、吃不下、不能入睡，也不能作數學。

不久我聽到彷彿有人在擊劍的聲音，一陣強風吹來，轟隆轟隆的噪音出現，我閉上眼睛，轟隆聲越來越響，我也跟著大聲呻吟起來，但還是無法把那個聲音擋在耳朵外，我感覺小站內彷彿就要倒塌或發生大火，而我就要死了。幸好轟隆聲逐漸轉爲喀啦聲和尖銳的煞車聲，最後緩緩趨於平靜停了下來。我依舊緊閉雙眼，因爲那樣會讓我比較有安全感。又過一會兒，四周比較安靜了，我聽到人群在移動。我張開眼睛，一時間竟看不到任何東西，因爲眼前擠滿了人群，後來我發現他們都魚貫登上一列不知何時冒出的火車，原來轟隆聲就是從這列火車來的。我的髮根冒出汗水流到臉上，我在哀哀呻吟，但是和剛才的呻吟不一樣，更像小狗腳爪受傷時發出的哀叫聲，我雖然聽到了聲音，起初卻沒意識到那是我自己發出的。

我渾身哆嗦，我想回家。但我立刻想到我不能回家，因爲父親在家，他說謊，他殺了威靈頓，這表示那不再是我的家了，我現在的家在倫敦西北二區5NG查特路四百五十一號C座。想到我竟然會有「想回家」的感覺，令我再度恐慌起來，因爲這顯示我的心開始有點不正常了。

陸陸續續又有更多人進入小站，比先前更擁擠。轟隆聲又出現了，我閉上眼睛，身上直冒汗，我感到噁心想吐，彷彿胸中有個汽球在不斷膨脹，脹到我喘不過氣來。人們又上車了，小站忽然空了下來。不久又塞滿人潮，另一列火車同樣轟隆進站。這種情形很像有一回我感冒那一次，我很想阻擋它，很想像電腦當機時從牆上把插頭拔掉一樣。我想上床睡覺，這樣我就可以不必用腦筋，因爲我唯一能想到的是疼痛，我的腦袋裡再沒有其他空間容納別的思想。可是我又睡不著，只好坐著，什麼事也不能做，只能等待和疼痛。

223

這個部分是另一種記載，雪倫說我應該記下來，我就把小站內對面牆上的廣告記下來，不過我記不得全部，因爲我當時以爲我快要死了。

廣告上是這樣說的：

夢幻假期
庫奧尼
馬來西亞

除了這幾個字外，還有一幅巨大的照片，兩隻紅毛猩猩掛在樹枝上，牠們背後有樹，但樹葉的影像模糊，因爲鏡頭的焦點是那兩隻紅毛猩猩，不是樹葉，而且紅毛猩猩在移動。

紅毛猩猩（orang-utan）這個字源自馬來文 òranghùtan，就是「叢林中的人類」的意思。

廣告就是刊登圖片或播放電視影片，叫人買汽車或運動鞋或使用網路伺服器，但這個廣告是叫人去馬來西亞度假。馬來西亞位於東南亞，由馬來半島、沙巴、沙勞越、和拉布灣所組成，首都是吉隆坡。它的最高山是京納峇魯山（神山），高四千一百零一公尺，不過它沒有出現在廣告上。

雪倫說人們度假爲的是開眼界看新事物和放鬆身心，但度假不能讓我放鬆，要看新事物則可以在顯微鏡下觀察土壤。我想到光是一間屋子就有許多東西，要面面俱到一個個想起它們，就得花上許多年。再說，一件事之所以有趣是在於想到它，而不在於它是新的。舉個例說，雪倫教我把手指沾濕摩擦薄薄的玻璃杯杯口，就會發出吟唱的聲音。你可以在不同的玻璃杯中注入不同高度的水，它們便會發出不同的音符，因爲它們有所謂不同的「共振頻率」，你甚至可以擦出「兩隻老虎」的曲調出來。許多人家中都有薄薄的玻璃杯，卻不知道可以這樣做。

廣告上是這樣說的：

馬來西亞，亞洲的眞面貌。

透過視覺與味蕾的饗宴，你會發現你置身一個對比鮮明的國家。有傳統、有自然、有繁華的大都會。從都市生活，到自然保留區，到悠閒的海灘徜徉時刻，令人永生難忘。個

人行程自五百七十五英鎊起。

請電〇一三〇六—七四七〇〇〇，洽詢各大旅行社或上網 www.kuoni.co.uk 查詢。

這是一個與衆不同的天地。

另外還有三張照片，它們都很小，有皇宮、海灘、和另外一座皇宮。

這是那兩隻紅毛猩猩的模樣。

227

我一直緊閉眼睛，完全沒看錶。火車規律的進站後又離站，像音樂或打鼓的節奏，又像在數數，說著：「左、右、左、右、左、右……」這是雪倫教我鎮定的方法。我自己則在腦子裡說：「火車來了，火車停了，火車走了，平靜了。火車來了，火車停了，火車走了……」彷彿腦子裡只有火車。我通常不會想像不曾發生的事，因爲那是謊言，它會讓我產生恐懼。但它仍然比眼睜睜看著火車來來去去更好，因爲看著它會令我更加恐懼。

我沒張開眼睛，也沒看錶。那種感覺就像在一個黑暗的房間裡，窗簾緊閉，伸手不見五指，好像半夜裡醒來，你唯一聽到的聲音只有腦子裡的聲音。這樣也好，因爲它使這個小站彷彿不存在，遠離我的腦子，我在床上，安全無虞。

一段時間以後，火車來往之間的間歇聲漸漸拉長，我聽出火車未進站前候車的旅客漸漸稀少了，這才睜開眼睛，看看錶，上面指著晚間八點零七分，我在長凳上坐了將近五個小時，但感覺上沒那麼久，只是我的小腹脹痛，而且我又餓又渴。

這時我發現托比不見了，不在我的口袋裡。我可不希望牠迷路，因為我們不在父親或母親的屋子裡，這個小站也沒有人能餵牠吃東西，牠一定會餓死，要不就是被火車碾斃。

我抬頭上望，這才看見頭上有個長長的黑盒子，那是個指示燈，上面說：

1 哈洛與維爾斯東　兩分鐘
3 女王公園　七分鐘

底下一行跑馬燈捲過去消失了，出現另一行字，寫著：

1 哈洛與維爾斯東　一分鐘
2 威爾斯登接駁站　四分鐘

不一會兒它又變成：

1 哈洛與維爾斯東　一分鐘
火車進站　請退後

擊劍的聲音傳來，怒吼的火車進站了。我猜想某個地方一定有個大型電腦，它知道所有的火車位置，是它發出訊號給各個車站的黑盒子，告訴它們火車何時進站。這麼一想，我的心才安定些，因爲一切都井然有序的依照計畫進行。

火車進站了，停下來，有五個人上車，還有一個人匆匆衝進月台搶上車，另外有七個人下車。不久門自動關上，火車又開走了。等下一班車再來的時候，我不那麼害怕了，因爲黑盒子上說「火車進站」，我知道那一幕立刻要上演了。

我決定尋找托比，因爲月台上只剩三個人。我站起來，在站內上上下下尋找，甚至走到進入地下道的入口，卻怎麼也找不到牠。我改而尋找地勢較低的鐵軌暗處。

果然那裡有兩隻老鼠，都是黑色的，身上都沾滿泥土。我很高興，我喜歡各式各樣不同種類的老鼠，但牠們不是托比，於是我繼續尋找。

最後我終於看見托比了，牠也在鐵軌邊的暗處，我知道那是托比，因爲牠是白色的，而且牠的背上有一塊卵形的褐斑。於是我爬下月台。托比正在吃一張被扔掉的糖果紙。這時有人驚呼：「我的天，你在幹啥？」

我彎腰去抓托比，但牠跑掉了。我跟在牠後面，彎下腰說：「托比……托比……托比。」一面伸手讓牠聞我的味道。

有人大聲喊道：「我的天，快上來。」我抬頭往上看，是一個穿綠色雨衣的男人，他穿一雙黑皮鞋，灰色的襪子上有菱形圖案。

我喊著：「托比……托比……」但牠又跑走了。

那個穿菱形圖案襪子的男人伸手要抓我的肩膀，我尖叫起來。這時我聽到擊劍的聲音了，托比又跑開，但這次牠跑往另一個方向，從我腳上掠過，被我一把抓住，逮到牠的尾巴。

那個穿菱形圖案襪子的人說：「啊，天哪，啊，天哪。」

這時我聽到轟隆聲了，我舉起托比，兩手抓住牠，牠卻咬我的大拇指，血立刻流出來，我大叫一聲，托比掙扎著想從我手上掙脫。

轟隆聲越來越響，我回頭，看見火車即將駛出隧道，眼看著我就要被火車碾斃，我想爬上月台，但月台太高了，我的兩手又握著托比。

那個穿菱形花紋襪的男人抓住我，猛力拉我。我尖聲大叫，但他一直拉我，直到把我拉上月台，我們都跌坐在地上。我不斷尖叫，因爲他拉痛了我的肩膀。頃刻間火車進站，我站起來，跑到長凳那邊，把托比放進我的外套口袋裡，牠變得很安靜，不再亂動了。

那個穿菱形花紋襪的人站在我旁邊，說：「你以爲這是好玩的事嗎？」

我沒吭聲。

他又說：「你在幹嘛？」

火車門開了，有人下車，一個女的站在穿菱形花紋襪的男人後面，她提著一只和雪倫一樣的吉他盒。

我說：「我在找托比，牠是我的寵物鼠。」

那個穿菱形花紋襪子的男人說：「眞他媽的瘋子。」

那個拎吉他盒的女人說：「他沒事吧？」

穿菱形花紋襪子的男人說：「他？他媽的謝天謝地，我的天，寵物鼠。唉呀，我的車。」

他跟著火車跑，用拳頭猛力捶打緊閉的車門，但火車還是開走了。那人罵了一聲：「幹。」

那個女的說：「你沒事吧？」她摸我的肩膀，我又尖叫起來。

她說：「好，好，好。」

她的吉他盒上貼著一張這樣的貼紙

我坐在地上，那個女的一隻膝蓋跪著，說：「你需要幫忙嗎？」

她如果是學校的老師，我可能會說：「倫敦西北二區5NG威爾斯登，查特路四百五一號

C座在哪裡？」但她是陌生人，所以我說：「走開。」因爲我不喜歡她那麼靠近我。我又說：「我有一把瑞士行軍刀，上面有一把鋸刀，會把人的指頭割斷。」

她說：「好吧，老兄，就當你不領情好了。」她站起來走開了。

那個穿菱形花紋襪子的男人說：「瘋子，我的天。」他拿著一條手帕按住他的臉，手帕上有血跡。

另一班火車來了，那個穿菱形花紋襪的男人和拎吉他盒的女人都上車，火車又開走了。

接下來又陸續開走八班火車，我決定上車後再來計畫下一步。

於是我坐上下一班火車。

托比想從我的口袋跑出來，我抓緊牠，把牠放在我的外面口袋裡，一手按住牠。

車廂內共有十一個乘客，我不喜歡和十一個人待在一個小空間內進入隧道，因此我把注意力集中在車廂內。車廂內有一些招牌這樣說：「斯堪地那維亞與德國有五萬三千九百六十三座度假小屋。」以及「三四三五」、「旅程中未持有效票證者罰鍰十英鎊」、「TVIC」、「EPBIC」、「BRV」、「CON・IC」、「請勿妨礙車門開關」、「與世界對話」。

車廂壁上有這樣的圖案：

座椅上是這種圖案：

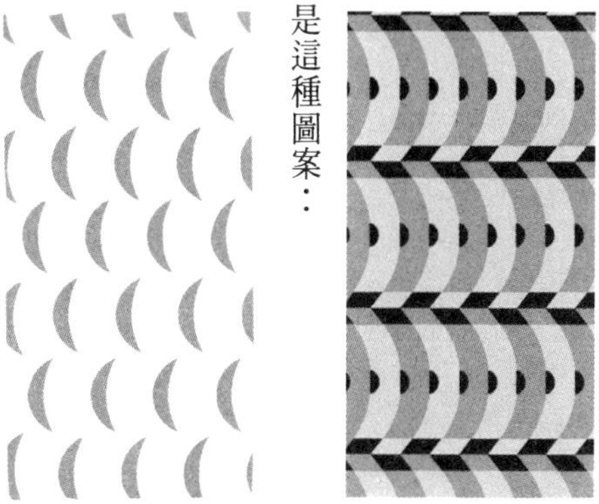

火車搖晃得很厲害，我只好緊緊抓住扶手。火車進入隧道，發出刺耳的巨響，我閉上眼睛，感覺到頸子兩側的血液在跳動。

火車離開隧道，我們來到另一個小站，這裡叫「華威克大道」，斗大的字寫在牆上，我喜歡，讓人一目了然。

到威爾斯登接駁站之前，我一路用時間來測量站與站之間的距離，發現抵達各站所需的時間都是十五秒的倍數，例如：

派丁頓	0:00
華威克大道	1:30
梅達維爾	3:15
吉本公園	5:00
女王公園	7:00
肯薩公園	10:30
威爾斯登接駁站	11:45

火車在威爾斯登接駁站停車，門自動打開，我走出車廂。不久門又自動關上，火車開走了。除了我之外，下車的人都爬上樓梯越過空橋，最後月台上只剩下兩個人，一個是男的，喝醉了，他的外套上沾有棕色的污點，腳上穿著不成對的鞋子，口中哼著歌，但我聽不見他在唱什麼。另外一個人是商店內的印度人，也是男的，商店就嵌在牆上的一扇小窗內。

我實在不想和他們中的任何一個人說話，因爲我又累又餓，何況我已經和太多陌生人說過話，這是危險的事。危險的事做越多，越有可能出差錯。可是我不知道如何才能找到倫敦西北二區5NG查特路四百五十一號C座，我得找個人問。
於是我找上小店內的人，我說：「倫敦西北二區5NG查特路四百五十一號C座在哪裡？」
那個人拿起一本小書遞給我，嘴上說：「二九五。」
那本書的書名叫《倫敦市A－Z街道地圖與公司索引》，我翻開，裡面有許多地圖。
小店內的人說：「到底買不買？」
我說：「我不知道。」
他說：「那請你把你那髒手拿開。」說完，他把書拿回去。
我說：「倫敦西北二區5NG查特路四百五十一號C座在哪裡？」
他說：「你要嘛就買本A－Z地圖，要嘛就滾開，我可不是萬事通。」
我說：「這就是A－Z地圖嗎？」我指著那本書。
他說：「不，那是他媽的鱷魚。」
我說：「這就是A－Z地圖嗎？」它明明不是鱷魚，我以爲我聽錯了，因爲他的口音很重。
他說：「是的，這就是A－Z街道地圖。」
我說：「能賣給我嗎？」
他說：「二英鎊九十五便士，但是你要先給錢，免得你溜走。」我這才明白，原來他剛才說「二九五」是二英鎊九十五便士的意思。

我給他二英鎊九十五便士，他找錢給我，一如家附近的小店。我背倚著牆坐在地上，和那個渾身髒兮兮的人一樣，但是離他很遠。我把書打開。

封面裡有一大張倫敦地圖，上面有大教堂、波普拉、艾克頓、斯坦摩爾這些地方。還有「地圖頁碼索引」。地圖上畫滿了大方格，每一方格內都標示兩個阿拉伯數字，威爾斯登就位於「42」和「43」的方格內。我琢磨出這些阿拉伯數字就是依比例放大的倫敦區域地圖的頁數，整本書就是一張大張的倫敦市街圖，只是它被分割了釘成一本書，我喜歡。

但是威爾斯登接駁站不在四十二頁和四十三頁上，我從「地圖頁碼索引」上找到它在緊接著四十二頁底下的五十八頁上。我以螺旋狀的方式尋找威爾斯登接駁站，就像我在史雲登尋找火車站那樣，只不過這次是用手指指著地圖。

那個穿著不成對鞋子的醉漢站在我面前說：「大起士，沒錯，護士，根本沒那回事，該死的騙子，該死的騙子。」

說完，他走開了。

我花了好長時間才找到查特路，原來它不在五十八頁，又回到四十二頁去了，而且位於「5C」的方格內。

以下是威爾斯登接駁站與查特路之間的道路形態：

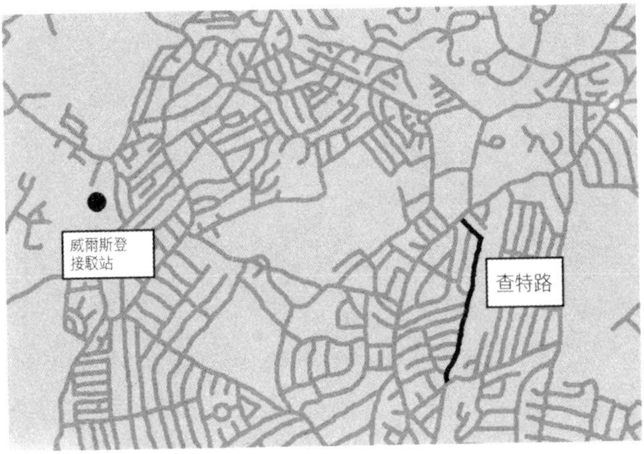
威爾斯登
接駁站
查特路

下面是我的路線：

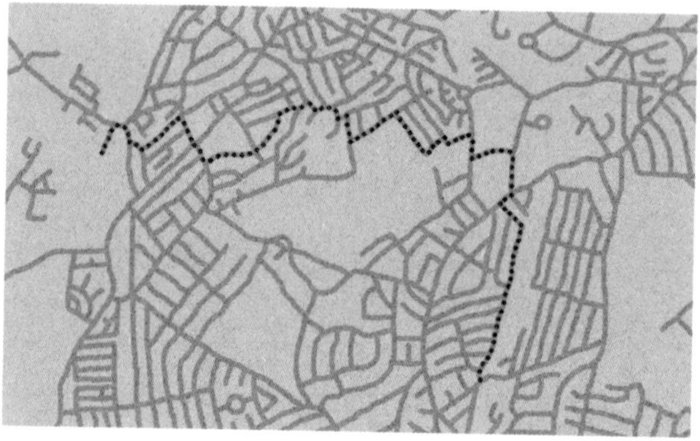

我爬上樓梯，穿過空橋，將車票塞進灰色的收票口，走上街道。街道上有一輛巴士，還有一部大機器，上面有塊牌子寫著「英格蘭、威爾斯暨蘇格蘭鐵路局」，不過是黃色的。我四下張望，發現天色已黑，到處是閃亮的燈光。我有好一段時間沒有在戶外了，眼前的一切令我感到不舒服。我一直眯著眼睛，只稍稍察看一下道路的形狀，我便找到我要走的「站前大道」和「橡樹路」了。

我繼續往前走，但雪倫說我不需要詳述每個細節，只要把一些有趣的事寫出來就行了。

我終於找到倫敦西北二區5NG查特路四百五十一號C座，總共花了二十七分鐘。我按了標示「C座」的電鈴，但無人應門。其間唯一有趣的事是，有八個人打扮成維京人，頭上戴著牛角頭盔，大聲喧鬧著路過。不過他們不是眞的維京人，眞的維京人是距今大約兩千年前的古人。這時我又想尿尿了，所以我從一家已經打烊的「博蒂特汽車修理廠」拐進一條暗巷去解決。其實我不喜歡這樣，但我不想尿濕褲子。除了這個插曲之外其他乏善可陳。

我決定在門外等候，但願母親沒有出去度假，否則至少要等一個星期以上。但我試著不去這樣想，因爲我不可能回史雲登了。

於是我在倫敦西北二區5NG查特路四百五十一號C座門前小花園的垃圾桶後面，坐在地上等候。垃圾桶就放在一棵大灌木底下。一個太太走進花園，她手上提著一個一頭開著金屬柵門的小箱子，箱子上方有個提把，類似用來提小貓去給獸醫看的小箱子，但我看不出裡面有沒有小貓。她穿著高跟鞋，沒有看見我。

不久天開始下雨，我身上淋濕了，開始發抖，因爲很冷。

這時候是晚間十一點三十二分。我聽到有人一路談話走過來的聲音。

一個聲音說：「我才不管你好不好玩。」是個女的。

另一個聲音說：「茱蒂，對不起嘛，好嗎？」是個男的。

另一個聲音，先前那個女的，說：「你在害我出糗之前早該想到。」

那個女聲便是母親的聲音。

母親走進花園，席先生和她走在一起，另外一個聲音正是他。

我站起來，說：「妳不在家，我只好在這裡等候。」

母親說：「克里斯多弗。」

席先生說：「什麼？」

母親摟住我說：「克里斯多弗，克里斯多弗，克里斯多弗。」

我把她推開，因爲她抓住我，我不喜歡。我推得太用力，自己都跌一跤。

席先生說：「這到底是怎麼回事？」

母親說：「對不起，克里斯多弗，我忘了。」

我躺在地上，母親伸出她的右手，五指張開成扇狀讓我碰她的手，但就在這時，我看見托比從我口袋跑出來，我只好伸手去抓牠。

席先生說：「這是不是表示愛德華也來了。」

花園四周有圍牆環繞，托比跑不出去，牠被擋在牆角，爬牆的速度也不夠快，我很快便抓住牠，放回我的口袋，這才說：「牠餓了，妳有沒有什麼可以餵牠吃的食物，和一些水？」

母親說：「你父親在哪裡，克里斯多弗？」

我說：「大概在史雲登。」

席先生說：「謝天謝地。」

母親說：「那你是怎麼來的？」

我冷得全身哆嗦牙齒直打顫，好不容易才說：「我坐火車來的，好可怕呀，我拿了父親的提款卡才能領錢出來，有一個警察幫忙，可是他又要我回去父親那裡，他本來也和我一起坐火車，但後來又不見了。」

母親說：「克里斯多弗，你全身都濕透了，羅傑，不要光站著不動呀。」

然後她接著說：「我的天，克里斯多弗，我沒……我沒想到會再……你是自己來的嗎？」

席先生說：「你們是要進去，還是要在外面站一整夜？」

我說：「我要和妳住在一起，因爲父親用一把種花的鐵叉殺死威靈頓，我不敢和他住。」

席先生說：「老天爺。」

母親說：「羅傑，拜託。好了，克里斯多弗，我們進去吧，先把你弄乾再說。」

我站起來，進入屋內，母親說：「你跟著羅傑。」於是我隨席先生上樓，樓梯口轉角處有個門，門上寫著「C座」。我不敢進門，因爲我不知道裡面有什麼東西。

母親說：「進去呀，否則要蹺辮子了。」我不懂「翹辮子」是什麼意思，但我還是進去。

母親又說：「我去替你放洗澡水。」我把整間屋子走過一遍，在腦子裡先烙下一張地圖後才放心些。這間公寓的格局是這樣的：

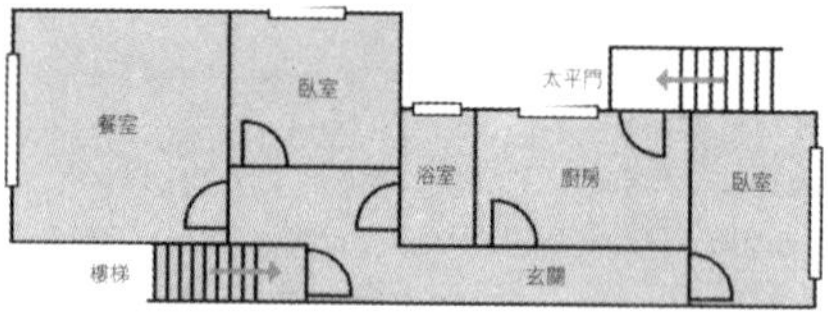

母親叫我把衣服脫了進去洗澡，她說我可以用她的毛巾，她的毛巾是紫色的，兩端有綠色的花朵。她還給托比一碟水和一些早餐玉米片，我讓牠在浴室裡面到處跑。牠在浴缸底下拉了三粒便便，我把它們撿起來丟進馬桶沖掉，然後我又爬進浴缸，因爲裡面又暖又舒服。

不久母親進入浴室，她坐在馬桶上對我說：「你還好嗎，克里斯多弗？」

我說：「我很累。」

她說：「我知道，親愛的。」又說：「你很勇敢。」

我說：「是的。」

她說：「你爲什麼不寫信給我，克里斯多弗？我寫了好多信給你，我還以爲發生什麼可怕的事了，或者你們搬家了，我再也找不到你們了。」

我說：「父親說妳死了。」

她說：「什麼？」

我說：「他說妳的心臟有問題，住進醫院，然後他又說妳心臟病突發死了。他把妳的信都藏在他房間衣櫥的一個襯衫盒內，被我發現了，因爲我在找我正在寫的一本書，那是有關威靈頓被殺的一本書，他把它沒收了，藏在襯衫盒內。」

母親說：「啊，我的天。」

她沈默了好久，忽然發出電視上野生自然節目中的動物所發出的長嘯聲。

我不喜歡她這樣，因爲太大聲了。我說：「妳爲什麼要這樣？」

她好一陣子不說話，後來才說：「喔，克里斯多弗，我很抱歉。」

我說：「不是妳的錯。」

然後她說：「混帳，這個混帳。」

過了一會她說：「克里斯多弗，讓我握一握你的手，一次就好，爲了我，好嗎？我不會握太緊。」說著，她伸出她的手。

我說：「我不喜歡人家握我的手。」

她把手收回去，說：「不要，好吧，不要緊。」

然後她說：「你洗好了出來，我們來擦乾，好嗎？」

我爬出浴缸，用紫色毛巾把身體擦乾，但我沒有睡衣，只好穿一件母親的白色T恤和一條黃色的短褲，但我無所謂，因爲我實在太累了。我在穿衣服的時候，母親到廚房熱了一點蕃茄湯給我吃，因爲那是紅色的。

然後我聽到有人開門的聲音，一個陌生人在門口說話，所以我把浴室的門鎖起來。外面傳來爭執的聲音，一個男的在說：「我要和他談談。」母親說：「他今天已經夠累了。」那個人說：「我知道，但我還是要和他談談。」

母親過來敲門，說有個警察要和我說話，我必須把門打開。她說她保證不會讓他把我帶走，我這才撿起托比開門。

門外站著一個警察，他說：「你是克里斯多弗．勃恩嗎？」

我說我是。

他說：「你父親說你逃家，是眞的嗎？」

我說：「是的。」

他說：「這是你的母親嗎？」他指著母親。

我說：「是的。」

他說：「你爲什麼逃家？」

我說：「因爲父親殺了威靈頓，那是一隻狗，我怕他。」

他說：「我聽說了。」他又接著說：「你要回史雲登你父親那裡，還是你想要留在這裡？」

我說：「我要留在這裡。」

他說：「你要住下來嗎？」

我說：「我要住下來。」

警察說：「等等，我問你母親。」

母親說：「他對克里斯多弗說我死了。」

警察說：「好，咱們……咱們不要爭辯誰說了什麼，我只想知道他是否……」

母親說：「他當然可以留下來。」

警察說：「那，就我所知，這件事就這麼決定了。」

我說：「你要把我送回史雲登嗎？」

他說：「不。」

我很高興，我可以和母親住在一起了。

警察說：「假如妳丈夫來找麻煩，妳就打電話給我們，否則你們要自己解決這件事。」

警察離去後，我喝了我的蕃茄湯。席先生把客房內的一些箱子疊起來騰出空間，在地板擺上一張充氣床讓我睡覺，我就去睡了。

不久我醒來，因爲屋內有人在大聲嚷叫，那時候是凌晨兩點三十一分。其中一個是父親的聲音。我很害怕，但客房的門沒有鎖。

父親大聲嚷嚷：「管你行不行，我要和她講話。我最不想說話的對象就是你。」

母親也嚷嚷：「羅傑，不要……」

席先生大聲說：「這是我的家，你不能這麼囂張。」

父親大聲說：「我愛怎麼說就怎麼說。」

母親也大聲說：「你沒有權利來這裡。」

父親嚷著說：「沒有權利？沒有權利？他是我的兒子呢，莫非妳忘了？」

母親更大聲：「你到底在搞什麼鬼，對他說那些話？」
父親吼道：「我搞什麼鬼？是妳離家出走的。」
母親大聲叫：「這樣你就判定讓我永遠離開他？」
席先生提高嗓子說：「好了，大家冷靜點，好嗎？」
父親吼道：「這不就是妳要的？」
母親說：「我每個禮拜寫信給他，每個禮拜。」
父親大聲喊道：「寫信給他？寫信給他有個屁用？」
席先生聲音也大了起來：「哇、哇、哇。」
父親大聲嚷著：「我煮飯給他吃，我替他洗衣服，我每個週末帶他。他生病了我照顧他，我帶他去看醫生，他每次半夜三更跑出去遊蕩，我都提心吊膽。他在學校和人打架我就得去學校。而妳呢？妳做了什麼？妳寫信給他。」
母親也大聲嚷著：「那樣你就可以對他說他的母親死了？」
席先生大聲說：「現在不是時候。」
父親大聲說：「你，你閃一邊去，否則我……」
母親大聲說：「愛德華，看在老天份上……」
父親說：「我要見他，妳要是攔阻我……」

說著，父親進入我房間。我手上握著我的瑞士行軍刀，鋸刀的刀刃向外，以防他抓我。母親也跟著進來，她說：「不要緊，克里斯多弗，我不會讓他得逞，你不會有事。」

父親在床邊跪下，說：「克里斯多弗？」

但我一句話也不說。

他說：「克里斯多弗，我眞的、眞的很抱歉，對每一件事抱歉。對威靈頓，對那些信，對害你逃家。我決不是有意的……我保證以後再也不會做那樣的事了。嘿，好嗎，小東西。」

說著，他舉起右手，五指張開成扇狀，讓我碰他的手指。但我沒有，我害怕。

父親說：「該死。克里斯多弗，拜託。」

淚水滑下他臉頰。

好一會兒沒有人開口。

然後母親說：「我想你該走了。」她是在對父親說，不是對我。

那個警察又來了，因爲席先生打電話到警察局報案。警察叫父親冷靜下來，並把他帶出去。

母親說：「你回去睡吧，不會有事，我保證。」

我這才又回去睡覺。

229

我睡著後作了一個我最喜歡的夢。我有時也在白天作這種夢，那是白日夢，但我常在晚上作這種夢。

夢中，地球上的人幾乎死光了，因爲他們染上一種病毒，但它不像普通病毒，它像一種電腦病毒。他們被傳染的原因是一個遭到感染的人說了一句別有用意的話，以及人們說這些話時臉上所帶的表情。換句話說，人們只要在電視上看到這個被感染的人就會被傳染，於是這種病很快便蔓延全世界。

感染到這種病毒的人會成天坐在沙發上，什麼事也不做，不吃不喝，自然就死了。不過我有時也會作不同版本的夢，就像看兩種不同版本的電影一樣，公播版和「導演剪接版」，例如《銀翼殺手》。在某些版本的夢中，病毒會使人砸毀汽車，或走進大海中溺死，或跳進河裡。我覺得這種版本比較好，因爲這樣就看不到屍橫遍野。

最後，這個世界只剩下那些不看別人的臉，也不懂這些圖片代表什麼意義的人。

這些人都是像我一樣特殊的人，他們喜歡獨來獨往，我幾乎沒有見過他們，因爲他們像剛果的俄卡皮鹿，那是一種小型的長頸鹿，非常害羞罕見。

夢中我可以自由來去世界各地，沒有人會找我說話，或摸我，或對我提出問題。如果我不喜歡出門也不打緊，我可以待在家裡，任何時候都可以吃青花菜和柳橙和長條水果糖，或者玩一整個禮拜的電腦遊戲，或者坐在房間角落，拿一枚一英鎊的銅板在暖爐的散熱葉片上前前後後刮過來刮過去。我也不用去法國。

我可以走出父親的房子，在街上遊蕩。雖然在大白天，四野仍一片寂靜，除了鳥兒在唱歌和微風吹拂外，聽不到一點嘈雜的聲音，有時遠處有建築物倒塌，如果我很靠近街上的紅綠燈，我便可以聽到號誌燈變換的輕微聲響。

我可以進入別人的房子，扮演偵探的角色，我也可以破窗而入，因爲大家都死了，所以沒關係。我走進商店，愛拿什麼就拿什麼，好比粉紅色的餅乾，或 PJ’ 的覆盆子芒果冰沙，或電腦遊戲、或書、或錄影帶。

我從父親的貨車上拿出梯子，爬上屋頂，然後將梯子架在兩棟屋子中間的空隙上，爬到隔壁屋頂。夢中所做的事都不違法。

後來我發現別人的汽車鑰匙，便將他們的汽車開走，即使撞到東西也不要緊，於是我把車開到海邊停好下車，外面下著傾盆大雨，我從一家商店拿了一個冰淇淋吃。然後我走到沙灘上，那裡到處是沙和大塊的岩石，一塊突岩上立著一座燈塔，但是沒有燈光，因爲守燈塔的人死了。

我站在海水中，潮浪漫上來淹沒我的鞋子，我不下去游泳，怕有鯊魚。我站在那裡看著海平面，取出我的金屬長尺對著海天相接的那條線衡量，發現海平面是一條曲線，地球是圓的。潮浪打在我的腳上，一波接一波十分規律，彷彿音樂或鼓的節奏。

我從某個人家的屋子裡找到乾衣服換上，那一家人都死了。然後我回到父親家中，事實上那不再是父親的房子了，它現在是我的。我用紅色食用色素爲自己作了一些燴什錦蔬菜和草莓奶昔，然後我看有關太陽系的錄影帶，又玩了一下電腦遊戲，然後上床睡覺。

我的夢就到這裡結束，我很快樂。

233

第二天早上的早餐是炒蕃茄和一罐綠豆，母親在平底鍋上先熱過。

早飯吃到一半，席先生說：「好吧，他可以留下來住幾天。」

母親說：「他想住多久就住多久。」

席先生說：「這間公寓兩人住都嫌小，何況三人。」

母親說：「他可是聽得懂你的意思喔。」

席先生說：「他打算怎麼辦，這裡又沒有他可以讀的學校，我們倆都有工作，這實在太荒唐了。」

母親說：「羅傑，夠了。」

然後她煮了一些加了糖的紅薑茶給我喝，但我不喜歡。她說：「你想住多久就住多久。」

等席先生上班後，她打了一通電話去公司請了一天的「慰問假」，就是家中有人去世或生病時請的假。

然後她說要帶我出去買些換洗的衣服，還有睡衣、牙刷、和一套運動裝。於是我們離開公寓，走到大街上，那條街的街名叫山丘路，區域號碼是Ａ４０８８八。街上人潮擁擠，我們坐二六六號巴士到布蘭特十字購物中心，可是約翰路易斯商場裡面人潮洶湧，我很驚慌，躺在手錶部門隔壁的地上尖叫，母親只好帶我坐計程車回家。

但她還是得回購物商場幫我買衣服、睡衣、牙刷、和一套運動裝。她出去時我就待在客房內。我不願意待在席先生的房間內，因爲我怕他。

母親回來了，她替我買了一杯草莓奶昔，又給我看我的新睡衣，紫色的，上面有五個尖角的藍色星星圖案，像這樣：

我說：「我要回史雲登。」

母親說：「克里斯多弗，你才剛來。」

我說：「我一定要回去，我要參加A級數學檢定考試。」

母親說：「你要參加A級數學檢定考試？」

我說：「是的，我下個禮拜的星期三、星期四和星期五要考試。」

母親說：「天啊。」

我說：「皮牧師當監考官。」

母親說：「太棒了。」

我說：「我要拿A，所以我一定要回史雲登，但我不要見到父親，所以我要和妳一起去史雲登。」

母親雙手掩住面孔，大力喘口氣說：「我不知道行不行。」

我說：「可是我一定要去。」

母親說：「咱們改天再說，好嗎？」

我說：「好，可是我一定要回史雲登。」

她說：「克里斯多弗，拜託。」

我喝了一點奶昔。

夜深後，大約十點三十一分，我走到陽台看能不能看到星星。結果一顆也沒見到，因爲雲層太厚，又有所謂的「光線污染」，就是街燈、汽車燈、探照燈、建築物裡面的燈光將大氣中的微小分子折射，阻擋了來自星球的光線。我只好回到屋內。

但我睡不著。我在凌晨兩點零七分時又起身，因爲畏懼席先生，所以我下樓出門走到查特路，街上半個人影也沒有，比白天安靜多了，不過依稀仍可聽到遠處的汽車聲和警笛聲，這時我才稍稍平靜下來。我沿著查特路走，觀賞路旁的汽車和電話線襯托橘色的天空構成的圖案，還有家家戶戶門前花園內的裝飾，計有一個地精、一座火爐，還有一座小池塘和一隻泰迪熊。

這時我聽到有兩個人走過來，我趕緊躲到一輛福特休旅車和一台箕斗中間，蹲在地上躲起來。這兩個路人不是以英語交談，不過他們沒看見我。我注意到腳邊排水溝的髒水內有兩個小小的黃銅楔楯，像機械錶上的楔楯一樣。

我喜歡箕斗和福特休旅車中間這個藏身的地方，所以我待了很久，然後我看看街道，眼前唯一看得見的色彩只有橘色和黑色和橘黑兩色的混合，連車輛在白天的顏色都難以分辨。

不知道你能不能看出鑲嵌花紋，我想你一定可以想像出在我腦中的這個花紋：

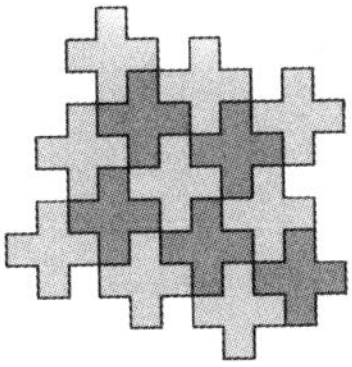

這時我又聽到母親的聲音，她在大聲呼喚：「克里斯多弗……？克里斯多弗……？」她一路跑過來，我便從箕斗與福特休旅車中間走出來。她跑過來，說：「我的天。」她在我面前站定，手指著我的臉，說：「你要是再這樣，我對天發誓，克里斯多弗，我愛你，但……我不知道我該怎麼辦。」

她逼著我承諾以後再也不單獨離開公寓，她說那樣很危險，你不能相信倫敦人，因爲他們都是陌生人。第二天她還必須出去買東西，所以她再三叫我答應，萬一有人按門鈴，一定不可以開門。她替我買了托比的飼料回來，還買了三捲《星際爭霸戰》錄影帶。我在客廳看錄影帶，直到席先生回來，我才回到客房。我眞希望倫敦西北二區5NG查特路四百五十一號C座這裡有花園，可惜沒有。

第三天，母親上班的公司打電話通知她不必去上班了，因爲他們已經找了別人來代理她的職務。她氣極了，說那是違法的行爲，她要投訴。但席先生說：「別傻了，不過是個臨時工作，幫個忙。」

就寢前，母親走進客房。我說：「我必須回史雲登參加A級數學檢定考試。」

她說：「克里斯多弗，現在不要提這件事，你父親打電話揚言要告我，我和羅傑又在鬧彆扭，現在不是時候。」

我說：「可是我一定要去，因爲早就安排好了，皮牧師當監考官。」

她說：「不過是個考試而已，我會打電話給學校，我們可以要求延期，你可以以後再考。」

我說：「我不能以後再考，都已經安排好了，而且我複習很多遍了，葛太太還說我們可以用學校的教室。」

母親說：「我好不容易才有今天，卻眼看著就要失去了，是不是？給我一點……」

她忽然打住，一手掩著口，站起來便離開房間。我的胸口又出現在地下鐵那時的疼痛感，我還以爲我可以回史雲登參加A級數學檢定考試。

第二天上午，我在餐廳望著窗外，數著街上路過的車輛，看今天會是個中吉日或吉日或上吉日，或是凶日。但是這裡不比坐校車可以望著窗外愛看多久就看多久，想看多少車輛就看多少車輛。我望著窗外三個小時，連續看到五輛紅車，也連續看到四輛黃車，表示今天既是吉日也是凶日，所以這個辦法是行不通了。但我如果專心數汽車，我的腦子就不會想我的A級數學檢定考試，我的胸口也不疼了。

下午母親帶我坐計程車去漢普斯德公園，我們坐在山丘上，看著遠方希斯洛機場的飛機起降。我吃著一捲從冰淇淋攤買來的紅色冰淇淋。母親說她已經打電話給葛太太，說我明年才參加A級數學檢定考試。我一聽立即把冰淇淋扔掉，尖聲哭叫起來，我的胸口疼得我喘不過氣來。一個男的過來問我要不要緊，母親說：「你說呢？」那人就走開了。

我哭叫累了，母親又帶我坐計程車回公寓。第二天是星期六，她叫席先生去圖書館幫我借回幾本有關科學與數學的書，其中有《數學益智問答一百題》、《宇宙的起源》和《核能》。但這都是給兒童看的書，不很適合我，所以我不看。席先生說：「總算知道我的努力沒有白費。」

我自從在漢普斯德公園把紅色冰淇淋扔掉後就沒吃過任何東西，於是母親做了一張有許多星星的表格，像我小時候那樣。她又用滿滿一個量杯的奶昔粉和草莓香料做了草莓奶昔，說喝兩百西西我就可以得到一個銅星，喝四百西西我就可以得到一個銀星，喝六百西西就可以得到一個金星。

當母親和席先生吵架的時候，我便拿廚房的小收音機坐在客房內，把頻率調在兩個電台之間，這樣我便只能聽到一些雜音，然後我把音量開到最大，把收音機放在耳邊，震耳欲聾的聲音令我腦袋發疼，這樣我就不會再有其他疼痛的感覺——好比胸痛——既聽不到母親和席先生的爭執聲，也無法想到不能參加A級數學檢定考試的事，或倫敦西北二區5NG查特路四百五十一號C座沒有花園，以及看不到星星的事實。

到了星期一，夜色正濃，席先生來到我房間，把我從睡夢中叫醒。他喝了不少啤酒，因爲他的味道和父親與羅利一起喝酒後的味道一樣，他說：「你以爲你很聰明，是嗎？你從來都不會替別人想一想，是嗎？你現在得意了吧，是嗎？」

母親也進來了，一把將他拉出去，口中說：「克里斯多弗，我很抱歉，眞的眞的很抱歉。」

第二天早上，等席先生上班以後，母親將她的衣服裝進兩隻大箱子，叫我下樓帶著托比上車。她把箱子放進行李廂內，我們便開車走了。但那是席先生的車，所以我問她：「妳要偷這輛車嗎？」

她說：「我只是借用。」

我說：「我們要去哪裡？」

她說：「回家。」

我說：「妳是指史雲登嗎？」

她說：「是的。」

我說：「父親會在那裡嗎？」

她說：「求求你，克里斯多弗，別再給我難題了，好嗎？」

我說：「我不要和父親住在一起。」

她說：「暫時……暫時……不會有事的，克里斯多弗，好嗎？不會有事。」

我說：「我們要回史雲登讓我參加我的數學A級檢定考試嗎？」

母親說：「什麼？」

我說：「我應該在明天參加我的數學A級檢定考試。」

母親一個字一個字地說：「我們回史雲登是因爲如果我們繼續在倫敦住下去……就會有人

受傷。我指的並不一定是你。」

我說：「妳這句話是什麼意思？」

她說：「你安靜一會兒。」

我說：「妳要我安靜多久？」

她說：「我的天。」又接著說：「半個鐘頭，克里斯多弗，我要你安靜半個鐘頭。」

我們一路開往史雲登，總共花了三小時又十二分鐘。途中停下來加油，母親買了一條牛奶巧克力給我，但我沒吃。我們卡在車陣中進退不得，因為大家都把車速放慢看發生在對面車道上的一起車禍。我試著想找出一個公式，看車禍造成的塞車是否純粹因為大家把車速放慢來看熱鬧，以及它受以下這幾個因素的影響：㈠車流量的密度㈡車速㈢駕駛人看到前車的煞車燈亮起時，他自己的煞車速度。但我太累了，因為我擔心不能參加數學A級檢定考試，前一個晚上徹夜未眠，所以在路上睡著了。

到了史雲登，母親身上有鑰匙，所以我們開門進入屋子。她說：「哈囉？」但沒有人回應，因為當時是下午一點二十三分。我很害怕，但母親說我很安全，我便放心的回我房間關起門來。我從口袋掏出托比，讓牠在地上到處跑，我自己在電腦上玩「掃地雷」遊戲，並在一百七十四秒之內晉級「專家」，比我以往的最佳成績慢了七十五秒。

下午六點三十五分，我聽到父親開著他的貨車回家了，我把床移到門邊頂著門不讓他進來，他進屋後便和母親互相大聲叫罵。

父親吼道：「妳他媽的怎麼進來的？」

母親也吼道：「這也是我的房子，難不成你忘了？」

父親吼道：「妳那個『姘頭』也來了嗎？」

我拿起泰利叔叔買給我的羚羊皮鼓跪在房間角落，把頭埋進牆畸角裡開始用力敲鼓，一面發出呻吟，這樣一直持續了一個鐘頭。後來母親來到房間，說父親走了，說他暫時住到羅利那裡，未來幾個星期我們會另外找個棲身的地方。

我從花園的小屋後面找到托比的籠子，拿進屋內清洗乾淨後，將托比放進去。

我問母親，明天我可不可以參加我的數學A級檢定考試。

她說：「我很抱歉，克里斯多弗。」

我說：「我可以參加我的數學A級檢定考試嗎？」

她說：「你都沒有在聽我說的話，是嗎，克里斯多弗？」

我說：「我有在聽。」

母親說：「我告訴過你了，我已經打電話給你們校長，告訴她你人在倫敦。我告訴她你明年再參加考試。」

我說：「可是我現在回來了，我可以參加考試。」

母親說：「很抱歉，克里斯多弗，我有試著把事情做好，我有試著不要把事情弄糟。」

我的胸口又開始發疼，我雙手抱胸，前後搖晃著身體，呻吟。

母親說：「我也沒想到我們會回來。」

我還是繼續呻吟和前後搖晃著身體。

母親說：「算啦，這樣也無濟於事。」

她問我想不想看《藍色行星》錄影帶，那一卷錄影帶敍述北極冰層底下的生物活動，以及座頭鯨的移棲生活。但我沒吭氣，我知道我不能參加數學A級檢定考試了，那種感覺就像你用大拇指指甲緊緊貼著很燙的暖爐散熱葉片一樣疼痛，痛得讓人想哭，甚至你把大拇指拿開後，它依然隱隱作痛。

母親又爲我煮了一些紅蘿蔔和青花菜沾蕃茄醬，但我沒吃。

晚上我也沒睡覺。

第二天，母親開席先生的車送我上學，因爲我錯過了校車。當我們正要上車時，席太太剛好路過，她對母親說：「妳好大的膽子。」

母親說：「上車，克里斯多弗。」

我進不去，車門鎖著。

席太太說：「他終於把妳也甩了？」

母親打開車門上車，又把我這邊的車門鎖上，我們便開車走了。

到了學校，雪倫說：「妳就是克里斯多弗的母親。」雪倫說她很高興再見到我，並問我好不好。我說我很疲倦。母親替我解釋，說我因爲不能參加我的數學A級檢定考試而情緒低落，不但沒吃好，也沒睡好。

然後母親就走了。我憑印象畫了一幅校車的圖畫，免得我想起胸口的疼痛。那張圖畫是這樣的：

午飯過後，雪倫說她和葛太太談過了，我的數學A級檢定考試的考卷仍然分成三個密封袋，放在葛太太的桌上。

我問她，我還能不能參加考試。

雪倫說：「我想可以。我們下午打電話給皮牧師，看他還能不能過來當你的監考官。葛太太會寫信給考試委員會，說你還是按原訂計畫參加考試，希望他們同意。不過我們還不能肯定行得通。」她頓了一下又說：「我想我應該先告訴你，讓你想一想。」

我說：「那我可以想了嗎？」

她說：「你眞的想參加考試嗎，克里斯多弗？」

我想著這個問題，但是沒有明確的答案。我很想參加我的數學A級檢定考試，但我很累，當我很累的時候想數學，我的腦子就不大靈光，尤其是在回憶某些論證時，好比質數的概數小於(x)時的對數公式，我就想不起來。這讓我感到恐慌。

雪倫說：「你不一定要參加考試，克里斯多弗，如果你說你不想考，沒有人會生氣。這也不是錯誤的、或違法的、或愚蠢的事。你做你想做的事就對了。」

我說：「我想參加考試，因爲我不喜歡做了計畫表後又把它刪除，這樣讓我很難過。」

雪倫說：「好吧。」

她打電話給皮牧師，他在下午三點二十七分抵達學校。他說：「小伙子，準備開始了嗎？」

於是我在美勞教室寫我的第一份數學A級檢定考試的考卷，皮牧師是監考官，我在寫考卷時，他就坐在書桌後面邊看書——迪垂克・邦霍福所寫的《使徒海岸》——邊吃三明治。寫到一半時，他還出去窗外抽菸，不過他自始至終都看著我，防止我作弊。

我打開試卷看一遍，卻怎麼也想不起要如何答卷。我很想揍人或用我的瑞士行軍刀捅人，但眼前除了皮牧師外沒有別人。皮牧師的身材高大，假如我用我的瑞士行軍刀捅他，那接下來的考試他就不能當我的監考官了。因此我像雪倫教我的那樣，當我在學校想揍人時，我就深呼吸，我數了五十下呼吸，一面心算基數的立方，像這樣：

1、8、27、64、125、216、343、512、729、1000、1331、1782、2197、2744、3375、4096、4913……等等

這一來我才平靜些。但這場測驗的時間是兩小時，此刻已經過了二十分鐘，我必須加快速度才行，同時我也沒有足夠的時間檢查一遍。

當天晚上我回家後，父親也回來了，我尖聲大叫，但母親說她不會讓我受到任何傷害，所以我走到花園，躺下來看天上的星星，讓自己進入忘我的境界。父親從屋子走出來時，注視著我良久，然後用力朝圍籬揮了一拳走了。

由於參加了數學A級檢定考試，所以那天晚上我可以睡點覺了，我還喝了一點菠菜湯當晚餐。

第二天，我寫第二份考卷。皮牧師還是讀著那本迪垂克・邦霍福著作的《使徒海岸》，但他這次沒有抽菸。雪倫在考試前叫我上廁所，還叫我獨自安靜的深呼吸和數數。

那天晚上我在我的電腦上玩「最後關頭」時，一輛計程車開到屋外停下。席先生坐在計程車上，他下車後將一個裝著母親物品的大紙箱扔在草地上，裡面有吹風機和幾條短褲、一些萊雅洗髮精、一盒什錦果麥，以及兩本書——安德魯・莫頓所寫的《戴安娜的眞實故事》，和吉利・庫柏所寫的《對手》——以及一個裝著我的相片的銀相框。相框落在草地上時把玻璃摔破了。

他從口袋掏出幾把鑰匙，坐上他的車開走了。母親從屋裡衝出來，追到馬路上大喊：「你也一樣不必回來了！」她撿起什錦果麥，朝他的車屁股扔過去。席太太就在她家的窗口內看熱鬧。

第三天，我作第三份考卷。皮牧師改爲閱讀《每日郵報》，還抽了三支菸。

下面是我最喜歡的一道試題：

證明以下的結果：

三角形的三個邊可以寫成 n^2+1，n^2-1，和 $2n(n>1)$ 這個三角形是個直角三角形。

請以相反的例證，證明逆命題是錯的。

我本來想寫我如何答題，但雪倫說這個不怎麼有趣，我倒是認爲很有趣。她說人們看書不喜歡書中有數學題的解答，又說我可以把解答放在書尾的「附錄」中，想讀的人就可以讀。我決定這麼辦。

我的胸口沒那麼疼了，呼吸也比較順暢，但我還是覺得很難過，因爲我不知道我考得好不好。又因爲葛太太曾經通知考試委員會我不參加考試，所以我也擔心考試委員會拒絕受理我的考卷。

如果你能知道好事要發生了，譬如日蝕或聖誕節得到顯微鏡當禮物，那是最理想的事。如果你知道壞事要發生了，譬如補牙或去法國，那是糟糕的事。但是連好事或壞事要發生了都不知道，那是最慘的事。

那天晚上父親繞到家裡來，我坐在沙發上看「大學挑戰」的節目，正在答科學題。他站在門口說：「別叫，好嗎，克里斯多弗，我不會傷害你。」

母親站在他後面，所以我沒大聲叫。

他靠過來一點，蹲下來，像在對一隻狗表示他沒有惡意那樣，對我說：「我想問你考得好不好。」

我沒作聲。

母親說：「告訴他，克里斯多弗。」

我還是不作聲。

母親說：「拜託，克里斯多弗。」

我這才說：「我不知道我有沒有全部答對，因爲我太累了，我沒吃東西，所以腦袋不太靈光。」

父親點點頭，好一陣沒開口，然後他又說：「謝謝你。」

我說：「爲什麼？」

他說：「只是……謝謝你。」又說：「我很爲你驕傲，克里斯多弗，非常驕傲，我相信你一定考得很好。」

然後他就走了，我繼續看我的「大學挑戰」節目。

接下來那個禮拜，父親叫母親搬出去，但她不能，因爲她沒有錢租房子。我問她父親會不會因爲殺死威靈頓而被捕入獄，這樣我們就可以住在家裡了。但母親說，只有當席太太提出「告訴乃論」時，警察才會逮捕父親。「告訴乃論」就是要求警察去逮捕一個犯罪的人，因爲警察不會逮捕觸犯輕罪的人，除非當事人提出要求。母親又說，殺死一條狗只能算是輕罪。

不過後來事情都解決了，因爲母親在一家園藝中心找到收銀員的工作。醫生也開藥讓她每天早上吃，治療她的憂鬱症，但這種藥有時會使她頭暈，而且她如果起身太猛會跌倒。就這樣，我們搬進一間紅磚大屋的一個房間裡，床和廚房都在一個房間內，我不喜歡，因爲房間很小，走道又漆成棕色，浴室和廁所必須和別人共用，我要使用以前母親都必須先清洗一遍，否則我不用它。有時別人佔用了，我還會尿濕褲子。房間外的走道有一股肉汁和學校清洗廁所時所使用的漂白水味，房間內也瀰漫一股臭襪子和松木芳香劑的味道。

我不喜歡我的數學A級檢定考試結果出來以前的漫長等待，每當我想到我不能在腦子裡清晰地看見我的未來，我便開始恐慌。所以雪倫說我不該去想未來，她說：「想現在就好，想一些已經發生的事，尤其是已經發生的快樂的事。」

其中一件快樂的事是母親替我買了一個木製的益智遊戲，它是這種形狀：

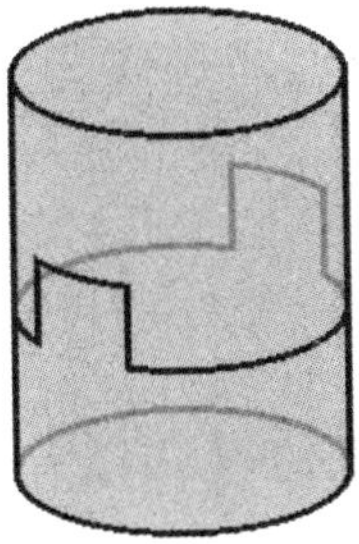

你必須把它的上半部與下半部拆開。眞的很難。

另外一件快樂的事是我幫母親把她的房間漆成「小麥白」的顏色，但是我把漆沾在頭髮上了，她想趁我洗澡時用洗髮精幫我洗掉，我不肯，所以那片漆在我頭上停留了五天，最後我拿剪刀把那撮頭髮剪掉了事。

不快樂的事還是多過快樂的事。

其中之一是母親每天下午五點半才下班，所以我必須在下午三點四十九分至五點三十分之間先去父親家等候，因爲我不可以一個人在家。母親說我沒別的選擇，我只好把床頂著門，以防父親進來。有時他想在門口和我說話，但我不理他。有時我聽見他坐在門外的地板上，很久很久。

另一件不快樂的事是托比死了，因爲牠已經兩歲又七個月，對老鼠來說算是很老了。我說我想把牠埋了，但母親沒有花園，所以我把牠埋在一個裝滿土的大塑膠盆內，就是平常種花的那種花盆。我還說我想再養一隻，但母親說不行，因爲房間太小了。

我把那個木製的益智遊戲解開了。我研究出它裡面有兩個一直一橫的金屬插鞘像這樣：

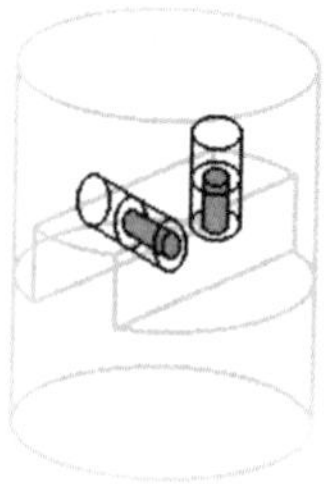

你必須把它傾斜成某個角度，讓那兩個插鞘滑到最底下，不會卡到上下兩個相交的部分，

才能把它們分開。

有一天，母親下班後到父親家來接我，父親說：「克里斯多弗，我能不能和你說句話？」

我說：「不能。」

母親說：「不要緊，我在這兒。」

我說：「我不要和父親說話。」

父親說：「我和你談條件。」他手上拿著廚房用的計時器，那是一個切了一半的蕃茄塑膠計時器，他轉了一下，計時器開始滴答響。父親說：「五分鐘，好嗎？五分鐘就好，時間一到你就可以走了。」

於是我坐在沙發上，他坐在扶手椅上，母親站在走廊上。父親說：「克里斯多弗，聽我說……我們不能再這樣繼續下去，我不知道你怎樣，但是這樣……這樣太令人傷心。你在屋子裡，卻不肯和我說話……你必須試著相信我……我不在乎需要多久的時間……即便是今天一分鐘，明天兩分鐘，後天三分鐘，甚至花上幾年時間，我都不在乎，因爲這很重要，這比其他任何事都重要。」

他從左手大拇指的指甲邊撕下一小塊皮。

隨後又接著說：「咱們不妨把它……咱們不妨把它看成是一項計畫，一項需要我們共同合作的計畫。你必須多花點時間和我相處，而我……我必須向你展示你可以相信我。開始時也許會有困難，因爲……因爲這是個艱難的計畫，但是以後會越來越有進展，我保證。」

他用指尖揉揉兩邊太陽穴，說：「你不需要回答，不用馬上回答，只要想一想就好了。還有，嗯……我給你買了一樣禮物，爲了表示我的誠意，同時向你道歉，還有，因爲……反正你會明白我的意思。」

他從扶手椅站起來，走到廚房門口把門打開，廚房地上有個大紙箱，裡面有一條毛毯，他彎下身從紙箱裡撈出一隻沙黃色的小狗。

他走回來，把狗交給我，說：「牠有兩個月大，是一隻黃金獵犬。」

小狗坐在我的膝蓋上，我輕輕撫摸牠。

好一陣子沒有人開口。

然後父親說：「克里斯多弗，我再也不會做出令你傷心的事了。」

又是一陣沈默。

母親走進來說：「你恐怕不能帶牠走，房間太小了，不過牠在這裡你父親會照顧牠，你任何時候都可以過來帶牠出去散步。」

我說：「牠有名字嗎？」

父親說：「沒有，你可以替牠取名字。」

小狗輕輕啃著我的手指。

五分鐘到了，蕃茄大聲叫了起來，母親和我開車回她租的房間。

第二個禮拜發生一起大風暴，雷電擊中父親住家附近公園內的一棵大樹，把它擊倒了，許多男人拿著鍊鋸合力將樹枝鋸成一段段，用拖車載走，最後只剩下一截焦黑的樹樁。

我的數學A級檢定考試成績出來了，我拿到A，最好的成績。我的心情就像這樣：

我給小狗取名叫山迪，父親爲牠買了項圈和皮帶，我被允許牽著牠散步到商店買東西再回來。我常拿一個橡皮骨頭和牠一起玩耍。

母親得了流行性感冒，我只好在父親家住了三天，但我不怕，因爲山迪睡在我床上，萬一半夜有人進我房間牠會叫。父親在花園裡闢了一塊菜圃，我有幫忙。我們一起種紅蘿蔔和豆子和菠菜，等它們長好了，我要把它們摘下來吃。

我和母親一起去一家書店，我買了一本書叫《A級進階數學》。父親對葛太太說我明年要參加A級數學進階檢定考試，她說：「沒問題。」

我不但會通過考試，我還會拿A。再過兩年，我還要參加A級物理檢定考試，並且拿A。

等這些都完成了，我要到另一個城市上大學，不一定在倫敦，因爲我不喜歡倫敦，還有其他許多地方都有大學，這些地方不一定是大城市。我可以住在一間有花園、有衛浴的公寓裡，我還可以把山迪和我的書和我的電腦一起帶去。

然後我會拿到「一級榮譽學位」，成爲科學家。

我知道我辦得到，因爲我曾經獨自一個人去倫敦，而且我還解開「誰殺了威靈頓」之謎，又找回我母親，我是個勇敢的少年。我還寫了一本書，這證明我很能幹。

附錄

問題：

證明以下結果：

三角形的三個邊可以寫成 n^2+1、n^2-1 和 $2n(n>1)$，這個三角形是個直角三角形。

請以相反的例證，證明逆命題是錯的。

答：

首先，我們必須確定可以以 n^2+1、n^2-1 和 $2n(n>1)$ 來決定三邊的三角形中，哪一個邊最長。

$n^2+1-2n=(n-1)^2$

假如 $n>1$，那麼 $(n-1)^2>0$

則 $n^2+1-2n>0$

$n^2+1>2n$

同樣的 $(n^2+1)-(n^2-1)=2$

因此 $n^2+1>n^2-1$

這表示 n^2+1 是可以以 n^2+1，n^2-1，和 $2n$（在這裡 $n>1$）來決定三邊的三角形中最長的一個邊。

你也可以以下面的圖形來表示（但是它無法提出證明）。

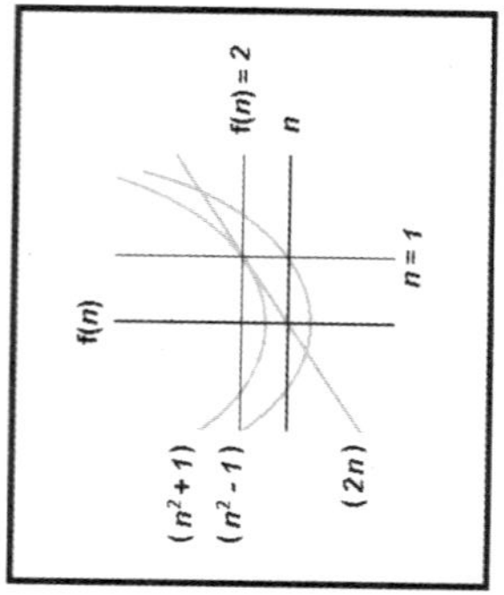

根據畢達哥拉斯定理，較短的兩個邊的總和若與斜邊相等，則這三個邊所形成的三角形，就是直角三角形。因此，欲證明這個三角形是直角三角形，我們必須以下列式子來表現：

較短的兩個邊的總和是$(n^2-1)^2+(2n)^2$

$(n^2-1)^2+(2n)^2=n^4-2n^2+1+4n^2=n^4+2n^2+1$

斜邊的長是$(n^2+1)^2$

$(n^2-1)^2=n^4+2n^2+1$

因此，較短的兩個邊的總和與斜邊相等，這個三角形就是直角三角形。

至於「三角形的三個邊可以寫成 n^2+1、n^2-1和$2n$（這裡的 $n>1$），這個三角形是個直角三角形」的逆命題是「直角三角形的三個邊可以寫成n^2+1、n^2-1和 $2n$（這裡的 $n>1$）」。而相反的例證就是要找出一個無法以 n^2+1、n^2-1和$2n$（這裡的 $n>1$）來寫成三個邊的直角三角形。

因此，我們讓直角三角形 ABC 的斜邊以 AB 來代表

假設 AB=65

假設 BC=60

那麼 $CA=\sqrt{(AB^2-BC^2)}$

$=\sqrt{(652-602)}=\sqrt{(4225-3600)}=\sqrt{625}=25$

假設 $AB=n^2+1=65$

則 $n=\sqrt{(65-1)}=\sqrt{64}=8$

因此 $(n^2-1)=64-1=63\neq BC=60\neq CA=25$

而 $2n=16\neq BC=60\neq CA=25$

因此三角形 ABC 是直角三角形，但它的三個邊不能以 n^2+1、n^2-1 和 $2n$（這裡的 $n>1$）來代表。

國家圖書館出版品預行編目資料

深夜小狗神祕習題 / 馬克·海登 (Mark Haddon) 著;
林靜華譯.-- 初版-- 臺北市：大塊文化，
2005 [民 94]　面：　公分.--(To : 32)
譯自：The Curious Incident of the Dog in the Night-Time
ISBN　986-7291-11-5 (平裝)

873.59　　　　94000905

LOCUS

LOCUS

LOCUS

LOCUS